ELÄMÄNI KEVÄT

Juha Marttinen

Elämäni kevät

Kustantaja: BoD – Books on Demand, Helsinki, Suomi
Valmistaja: BoD – Books on Demand, Norderstedt, Saksa
ISBN: 978-952-80-6341-4

Sisällysluettelo

Esipuhe

Kohtalo on arvaamaton. En olisi uskonut kun lähdin joulukuussa matkailuautolla kohti aurinkoa, talvea ja lunta pakoon, että palaan maaliskuussa lentäen, sairaskuljetuksella Amsterdamin kautta Suomeen. Matkailuauto jää vielä jonnekin Ranskan vuoristoon. Asiaa ei tee helpoksi se tosiasia, minkä havaitsin liian myöhään. Ranskassa ei puhuta, eikä ymmärretä englantia. Suomea ei puhuta maamme rajojen ulkopuolella missään, lukuunottamatta Espanjan turistikohteita. Niissä tarjoilijat jopa kiroilee suomeksi, kun tuovat Suomen lipun pöytään.

Tämän matkakertomuksen tarkoitus ei ole pelotella omatoimimatkailijoita pysymään kotona, tai käyttämään seuramatkoja, joissa opas huolehtii kaikesta. Kieltämättä se on turvallinen tapa matkustaa. Omatoimimatkalla kohde näyttää oikean puolensa ja omatoimatkalla henkilö on myös pakoitettu hoitamaan vaikeitakin tilanteita itse. Matkailu avartaa, muttei niin paljon, jos käy seuramatkalla turistikohteissa ja opas pitää kädestä kiinni.

Todennäköisyys että jotain tapahtuu on pieni. Olen kierrellyt maailmaa aika paljon ja lähes aina omatoimisesti. Koskaan ennen ei ole mitään isompaa sattunut, nyt sattui. Tasaisenvauhdintaulukon mukaan seuraavaksi sattuu niin 30 vuoden kuluttua. Aion kyllä matkustella, kun kuntoudun tästä jutusta. Kipsi on jo poistettu ja matkailuauto on tuotu pihaan, joten voiton puolella ollaan.

Minulle tämä matka oli kulminaatiopiste elämässä. Olin pitkään haaveillut koko talven viettämisestä jossain lämpimässä paikassa, ilman lumitöitä yms. Yhdistin tähän matkaan myös eläköitymisen. Olin yrittänyt jäädä pois työelämästä ja 2 kertaa, mutta minulle on tarjottu aina jotain, mistä en yrittäjänä ole voinut kieltäytyä. Nyt ajattelin että häivyn maasta, enkä voi ottaa työkeikkoja vastaan. Nollasin myös koko elämän, takaisin tullessa voisin aloittaa uuden elämän puhtaalta pöydältä. Tämä kaikki toteutui nyt vähän eri tavalla

8

kuin ajattelin.

Jätin joulukuussa taloni Kotkan Tiutisessa tyhjilleen.
Laitoin vedet poikki ja lämmöt poissaoloasentoon.
Taloon asensin kaiken varalta 3 valvontakameraa.
Pystyn kännykällä katsomaan videokuvaa sisältä ja
ulkoa. Postilaatikkoon laiton tekstin "ei mainoksia, eikä
ilmaisjakelulehtiä". Postin käänsin nettipalveluun.
Sitten vain ovi kiinni ja matkaan. Otin kuvan lähtiessä
vähälumisesta maisemasta ja ajattelin, että palatessa
lunta ei ole. Erehdyin, lunta oli metri.

En varannut, enkö suunnitellut mitään etukäteen, olin
ainoastaan varannut laivamatkan Vuosaaresta
Travemundeen, muuten kaikki oli avoinna. Ajattelin
tietenkin, että ajan jonnekin lämpöiseen ja minulla on
aikaa, vaikka kesään asti. Tarkoitus oli pysähdellä
matkalla sopivissa paikoissa campingalueilla. En
ottanut huomioon, että Euroopassa on talvi ja lähes
kaikki on kiinni. Ranskan vuoristossa on vielä kylmä ja
maisemat lumisia. Espanja oli ensimmäinen paikka,
jossa aurinko paistoi ja tarkenin kesävaatteissa.

9

Käytännössä Espanjan lisäksi ainoa lämmin paikka olisi ollut Portugal, mutta siinä ei olisi ollut juuri eroa Etelä-Espanjaan, joten hylkäsi sen. Ajoa oli muutenkin ihan riittävästi.

Kirjoitin matkakertomukseni sen vuoksi, että minulta kysyttiin usein matkasta. Kerroin yleensä sen lyhyen version matkasta, eli onnettomuudesta ja kotiinpääsystä. Se on kuitenkin vain pieni osa matkaa. Onni kääntyi vasta paluumatkalla Ranskassa. Siitä alkoi kieltämättä aika ikävä kevät, noin 2 kk, mutta ennen sitä matka oli kaikkien unelmien täyttymys. Matkan lopussa olin hyvin vaikeassa tilanteessa ja usein epätoivoinen. Asioilla on kuitenkin taipumus järjestyä ja nyt 3 sairaalaa, 3 leikkausta, 5 nukutusta, 2 puudutusta kokeneena ja viisastuneena, alan saamaan jo etäisyyttä tähän kaikkeen. Nyt alan jo miettimään uusia matkoja. Vahingosta viisastuneena otan huomioon, että jotain voi myös sattua. Selvitän asioita etukäteen, eikä jälkikäteen, vasta kun olen jo vaikeuksissa. Matkavakuutusehdot on hyvä tarkastaa ja tarvittaessa korjata. Tietyt dokumentit on hyvä olla mukana. Jos liikutaan Ranskassa, tai muualla, alueilla missä ei

10

puhuta englantia, joku sana kanttaa opetella maan omalla kielellä. Myös auton luotettavista merkkikorjaamoista on luettelo saatavilla. Vikatilanteissa voi hinauttaa auton suoraan paikkaan, missä saa avun. Toisessa tapauksessa auto näkee maailmaa ja vika säilyy. Yksi positiivisimmista asioista jutussa on hyvät ihmiset. Minulle tarjottiin kotiintullessa apua joka suunnasta. En olisi yksin selvinnyt tästä kaikesta.

Matka alkaa

On joulukuun talvinen päivä. Olen pakannut kaiken minkä keksin ja suuntaan vankkurin kohti Vuosaaren satamaa. Maa on kevyesti luminen ja ilma pikkupakkasella. Otan kuvan kännykkäkameralla autosta ja tuumin, että kun palaan joskus, maa on taas sula.

Matka Vuosaareen taittuu ongelmitta. Pysähdyn Vanhankylän ABC:lle kahville. Tulen Hansaterminaaliin hyvissä ajoin. Otan auton keulasta jäätymissuojat pois, nyt loppui pakkaset toistaiseksi.

Laiva Travemundeen lähtee ajoissa. Nyt on aikaa nukkua yms. Laiva lähtee illalla klo 20 ja on seuraavana päivänä myöhään illalla perillä. Minulla ei ole mitään suunnitelmia siitä eteenpäin. Aikaa on vaikka kesään. Laivassa on vain yksi matkailuauto minun lisäksi. Olen varannut hytin ja sain tietää, että laivassa on kuntosali ja sauna. Se riittää minulle ohjelmaksi. Otan kuntosalivarusteet mukaan hyttiin.

Laiva saapuu Saksaan juuri ennen puolta yötä. Olen nukkunut, käynyt salilla ja saunassa. Laivassa on pieni kahvila, siltä olen saanut pientä purtavaa matkan aikana. Laivassa on myös ravintola, mutta se on auki vain ruoka-aikoina. Sinne olisi voinut etukäteen varata pöydän ja maksaa sen netissä. En kuitenkaan varannut mitään, koska halusin olla mahdollisimman omatoiminen. Maihin tullessa tulee kuulutus useammalla kielellä, jossa pyydetään matkustajia siirtymään autokannelle. Laiva on rahtilaiva, jossa on hyvin rajallinen määrä matkustajapaikkoja. Laivaan ei pääse ns. jalkamatkustajia.

Menen kuulutuksen jälkeen autokannelle. Edessäni on se toinen matkailuauto. Mietin mielessäni, että lähdenkö yötä vasten ajamaan kohti Luxenburgia, sinne on matkaa n. 700 km. Ajattelen että olisi parempi nukkua rekkaparkissa yö ja lähteä levänneenä vasta aamulla. Istun autoon odottamaan ja näen että edessä

13

olevaan autoon tulee pariskunta ja koirat. Mies jää ulos seisomaan. Ajattelen vaihtaa muutaman sanan ja menen itsekin ulos. Kysyn mieheltä, että mihin matka. Hän vastaa, että Fugeen pitäisi mennä. Sanon että sama matka minulla. Vertailemme matkareittiä. Matkareitti poikkeaa paljon minun mahdollisesta nopeasta reitistä. Kysyn vielä, että aiotteko lähteä heti ajamaan? Mies vastaa, että aamulla lähdetään. Ollaan tossa lähellä matkaparkissa yö. Kysyn että minä tulla myös sinne yöksi, voinko ajaa perässä, en tunne paikkoja. Mies vastaa, että tottakai.

Ajamme peräkkäin matkaparkkiin. Se osoittautui hyväksi paikaksi. Maksu automaattiin. Parkki 2 €/vrk ja sähkö 1€/8h. Vaihdamme vielä mielipiteitä, ennenkuin menemme nukkumaan.

Herään aamulla vankkurista hiljaisuuteen. Menen ulos. Kaikki muut nukkuu vielä. Alueelle on tullut yön aikana lisää yöpyjiä. Katselen rekisterikilvistä, että olemme ainoat Suomalaiset. Muut yöpyvät ovat varmaan menossa laivalle, koska meidän laivassa ei ollut muita matkailuajoneuvoja. En keksi miksi täällä

14

muuten olisi yöpyjiä.

Asetan navigaattoriin kohteeksi Luxemburgin ja
tarkemmin matkaparkin siellä, joka on netin mukaan
auki ympäri vuoden. Navigaattori ohjaa minut nopeasti
moottoritielle. Maalaispoika yllättyy, miten ruuhkaisia
moottoritiet voi olla täällä. Navigaattori näyttää matkaa
reilu 700 km. Asetan vakionopeudensäätimen 100 km/h
nopeuteen. Tämä nopeus osoittautuu nopeasti
mahdottomaksi. Vaikka moottoriteillä on useampi
kaista, tie on usein tukossa, koska lähinnä vanhoista
itäblokin maista olevat rekat(ja niitä on runsaasti)
tukkivat koko tien. Hetkessä muodostuu kilometrien
mittaiset ruuhkat. Varsinainen ongelma on rekkojen
nopeusrajoittimet, jotka on säädetty 90 km/h. Ongelma
muodostuu ylämäessä. Heikompitehoiset ja
vanhemmat itärekat hyytyy ylämäissä hivenen, jolloin
veljet lähtee heti ohittamaan. Ohituksen aikana mäki
loppuu ja ohitettavan rekan nopeus nousee tappiin
rajoitinta vasten 90 km/h. Siinä vaiheessa ohittaja on
rinnalla samalla rajoitetulla nopeudella. Siinä sitten
ajellaan rinnakkain seuraavaan mäkeen asti, ennen kuin
ohittaja saa melkein 30 metrisen rekan takaisin

15

rekkakaistalle. Ohituksen aikana henkilöautoja on kasaantunut tosi paljon ja sen purkaantuminen kestää aikansa ja sitten sama uudelleen.

Aikataulut pettää heti alkuunsa ja ehtii tulla taas pimeä. Totean että en tunne paikkoja, joten ainoa mahdollisuus on totella orjallisesti navigaattoria. Navigaattorin asetukset on hyvä käydä läpi, minulle tuli pari mutkaa tämän vuoksi. Ajelen jo pidemmällä Saksassa moottoritietä. Matka etenee ruuhkista huolimatta. Kuulin myöhemmin että Saksan läpi kannattaa ajaa sunnuntaisin. Sunnuntaisin on raskasliikenne kielletty moottoriteillä. Matkailu sujuu moottoritiellä aika hyvin, kunnes tiellä on kolari. Hetkeksi tie on poikki ja romut korjataan pois tieltä. Tämä ongelma aiheuttaa hetkessä kymmeniin kilometreihin kasvavan suman, joka purkautuu tosi hitaasti. Minulle sattui tällainen tilanne. Tästä aiheutui tuntien odotus. Varsinainen navigointi ongelma tuli jossain Kölnin kohdalla. Ruuhka oli kolarista johtuen ainakin 20 km. Navigaattori johti minut pois moottoritieltä. Ajattelin että se johtuu tietöistä, joita oli myös paljon, toinen kaista oli suljettu usein ja keskinopeus putosi puoleen. Tottelin pimeässä navigaattoria. Hetken kuluttua olin jossain taajamassa ja hetken kuluttua olin ratapihalla, puomin takana, kun junat kolkutteli ratapihalla. Tässä meni pitkän aikaa, ennenkuin puomi nousi ja pääsin jatkamaan matkaa. Tie kapeni ja lopulta päättyi metsään. Siinä vaiheessa pysähdyin sivuun ja tarkastelin navin asetuksia. Asetuksissa oli "vältä ruuhkia". Myös karttaohjelma oli päivittämättä, siitä johtui umpikuja. Muutin asetuksen ja lähdin etsimään moottoritietä. Seuraava "suunnistusongelma" tuli eteen, kun navigaattori haki lyhyimmäin ja nopeimman reitin, eli se laski reitin Belgian eteläosan läpi. Huomasin asian, kun ajelin alppikylissä käkikellotalojen välissä. Huomasin lipuista että nyt ollaan Belgian puolella. Maiden rajoja ei juuri Euroopassa huomannut. Koko matkalla Espanjaan ei minua kertaakaan pysäytetty missään, passia ei kysytty kertaakaan. Belgian alppikylissä tuli ongelma, kun auto ei tahtonut mahtua kääntymään ja tie oli niin kapea, että vastaantulijoiden sattuessa samalle väylälle, ei mahtunut sivuuttamaan, vaan piti väistää ojaan. Kun vihdoin löysin matkaparkin pimeässä, huomasin kauhukseni, että se oli suljettu. Rupesin googlettamaan campingia. Löysin paikan, joka oli netin mukaan auki.

17

Matkaa oli 47 km, eli ei juuri mitään tässä konkurssissa. Matka sinne oli hyvin mäkinen ja mutkainen. Löysin kuitenkin pimeässä perille. Matkalla näin myös Luxemburgin linnan yövaloissa. Matkailu avartaa.

Matka jatkuu Luxenburgista

Maksoin respassa yhden yön. Ajoin ensimmäiseen vapaaseen paikkaan pimeässä. Laitoin sähköt päälle, kävin suihkussa ja menin nukkumaan.Herään aamulla pimeään jossain Luxenburgissa. Otan johdon seinästä ja käynnistän auton. Ajan samaa mutkaista tietä, mitä ajoin tullessa n. 50 km ja saavun sinne, mistä lähdin illalla. Löydän moottoritien, tankkaan auton ja juon aamukahvin huoltoasemalla. Lämpötila on plussan puolella. Tutkin karttaa että seuraava etappi voisi olla taas n. 700 km. Kartassa on Clermont Ferrand juuri sopivan ajomatkan päässä. Googlaan kaupungin kämppärit ja netin mukaan siellä on yksi ympäri vuoden aukioleva paikka.

Ajomatka sujuu ongelmitta. Pysähtelen Lyonin jälkeen tauolle huoltoasemalle. En vielä onneksi tiedä miten kaikki muuttuu paluumatkalla Lyonin seudulla. Matkan loppupäässä minut yllättää tietyöt. Moottoritiellä on toinen kaista suljettu 50 km matkalta ja nopeusrajoitus on 60 km/h. Taas ehtii pimeä tulla(ja kylmä), ennenkuin saavun Clermont Ferrandiin. Etsin campingin ja totean harmikseni sen olevan suljettu. Vaihtoehtoja ei ole. Ajan moottoritielle ja jään ensimmäiseen rekkaparkkiin yöksi. Levähdyspaikkoja on paljon moottoriteillä. Ranskassa moottoritiet ovat maksullisia, eli niillä on tietulliasemia määrävälein. Maksulliset tiet ovat suoria ja hyväkuntoisia.Tietullin maksaa mielellään. Noista "puskaparkeista" varoitellaan kovasti joka paikassa. Minulla on kaikki mahdolliset turvatoimet maantierosvojen varalle. Mitään ei kuitenkaan satu ja kaasulämmitys toimii moitteettomasti. Aamulla herään pakkaseen. Ajattelen ettei tämä ollut matkan tarkoitus, eli äkkiä Espanjan puolelle. Lähden matkaan kohti Espanjaa. Tiellä on tosi sankka sumu, ei näe kuin aironmitan eteen, eli suurta nopeutta ei voi pitää. Reitti on myös erittäin mäkinen. Nousua voi olla 10 km ja hetken päästä sama laskua. Pakko käyttää moottorijarrutusta, muuten jarrut alkavat kuumentua. Maisema on myös ihan valkoinen ja tie jäässä. Vastaan tulee aura-auto, joka levittää suolaa.Tiellä on myös liikennemerkki, että marraskuu-maaliskuu välisenä aikana lumiketjut tai nastarenkaat

20

ovat pakollisia. Minulla on kitkat alla, mutta en käänny takaisin. Huomaan että olen nyt ylittämässä Pyreneiden vuoristoa. Saa olla tarkkana, ettei vahti nouse liikaa alamäessä ja auto pysyy tiellä. Matkalle sattuu ainoa maksullinen silta, Millaun maasilta. Silta on n. 2500 m pitkä ja korkein kohta 343 m. Aivan huikea kokemus. Sillan alkupäässä on maksuportti, joka on liian kapea minun autolle. En saa ovea auki, enkä yletä ikkunasta maksamaan maksua. Se on noin 14€. Autoja on takana jono ja torvet soi. Ajan auton aivan puomiin kiinni ja niin oikealle kuin uskallan. Näin mahdun autosta ulos juuri ja juuri. Saan maksettua tullin ja puomi nousee. Yksi vankkurin äärivalo jää siihen, mutta se on pikkujuttu. Ajelen hyvää vauhtia Ranskan ja Espanjan rajalle. Loppumatka on alamäkeä vuoristosta alas. Ajattelen että rajalla on tarkastuksia yms. Kaivan paperisen koronatodistuksen valmiiksi esiin. Rajaa ei edes huomaa. Minua ei pysäytetty, eikä mitään kysytty. Ajan autojonossa satasta johonkin huoltoaseman pihaan. Katson tekstejä…olen Espanjassa.

Menen ulos autosta ja lämmin auringonpaiste ottaa minut vastaan. Jatkan matkaa t-paidassa ja autossa pitää laittaa jäähdytys päälle. Pian näkyy myös Välimeri.

Hieno tunne. Totean itsekseni, että joulukuu on väärä aika ajaa Euroopan halki. On kylmää, pimeä ja kaikki paikat suljettu. Ajattelen että sitten joskus maaliskuussa tilanne on parempi. Erehdyin...ei ollut.

Espanjassa

Pysähdyn kahville ja tutkimaan karttaa. Olen Espanjan rannikolla. Täältä vie moottoritie suoraan maan halki pohjoisesta etelään, eli päämäärääni Fuengirolaan. Nyt ei ole kiire minnekään, on lämmin ja aurinko paistaa. Suorastaan kuuma Suomen ilmastoon verrattuna. Katselen karttaa, että seuraava isompi paikka on Barcelona. Se on miljoonakaupunki ja siellä on suurkaupungin ongelmat, eli paljon varkaita. Matkailuautoja ryöstetään paljon, jos ne seisoo tyhjillään. Ne ovat helppoja kohteita, koska seinät ovat ohuita, samoin ovet. Niissä on myös paljon rahaksi muutettavaa tavaraa. Olen käynyt Barcelonassa muutaman kerran ja se ei ole nyt sitä mitä haluan. Noin 100 km:n päässä Barcelonasta on Tarragona. Se tuntuu googlettamalla sopivalta paikalta. Täällä kaikki paikat ovat auki ja hintataso on halpa. Kieliongelma ei ole niin paha kuin Ranskassa, mutta ei täälläkään englantia osata, jos ei liikuta turistislueilla. Puhun espanjaa välttävästi, sillä vaatimattomalla osaamisella pärjään

Espanjassa. Englantini on tyydyttävää tasoa, joten sillä kyllä pärjää useimmissa paikoissa. Espanjalaiset yrittää kyllä jopa puhua englantia, jos osoitat, ettet ole britti. Kannattaa ensin yrittää vaikka suomenkielellä ja käsillä. Sekaan voi tyrkyttää joitain espanjan sanoja. Kun voittaa espanjalaisen luottamuksen, hommat kyllä hoituu. Jos he luulevat sinua britiksi, voi palvelu olla tylyä. Sain kokea sen, kun yritin Fuengirolassa, kun menin terveyskeskukseen koronarokotusta hakemaan, mutta siitä myöhemmin.

Saavun illaksi Tarragonaan. Löydän campingin helposti. Tuntuu mahtavalta, siisti alue, kaikki palvelut alueella. Rantakatu ihan vieressä. Ravintoloita ja baareja vieri vieressä. Otan autoon vedet tankkiin, nyt ei enää vedet jäädy. Laitan kaikki systeemit kuntoon. Otan ulkokalusteetkin takatallista. Jätän sähköpyörä vielä telineeseen. Täällä on kaikki lähellä. Teen nopean aluekatsauksen. Ketään suomalaisia ei ole eksynyt tänne. Naapurini on Sveitsistä. Istun hetken juttelemassa heidän kanssaan. He kehuvat paikkaa ja jäisivät muuten pidemmäksi aikaa, mutta ovat sopineet tapaamisen Alicanteen tuttavien luo. Lähden

24

rantakadulle sortseissa ja t-paidassa. Lämpötila on vielä illallakin lähes +20 ja aurinko paistaa. Paikalliset ovat pukeutuneet talvivaatteisiin, koska nyt on talvi. Istun terassille ja otan kolmen ruokalajin menun. Nyt elämä hymyilee. Vietän Tarragonassa 3 yötä. Syön, nukun ja kävelen paljon rantakadulla, sitten jatkan matkaa.

Torrevieja

Aamu aukeaa aurinkoisena. Tänne Tarragonaan olisi voinut jäädä pidemmäksi aikaa, mutta rannikkoa riittää Fuengirolaan saakka, joten auton nokka kohti etelää. Katselen taas karttaa. Espanja on yhtä rantaa rajalta Portugalin rajalle saakka. Portugalissa ranta jatkuu. Päätän kuitenkin että jään Espanjan puolelle. Olen käynyt Portugalissa, se on hyvin samanlaista seutua kuin Espanja. Se on vähän Espanjaa kehityksessä jäljessä, mutta vastaavasti halvempi. Erona maiden välillä on meri. Portugalissa tulee vastaan Atlantti. Siellä on jylhiä rantoja ja korkeita aaltoja. Tosin Pohjois-Espanjassa löytää saman Atlantin, esim. Baskimaalla, Bilbaossa, mutta siellä ei ole kovin lämmin talvella. Karttaa katsoessa sattuu silmään Torrevieja, se on sopivasti puolessa välissä Fuengirolaan mennessä. Olen kerran ajanut Torreviejaan läpi, se näytti ihan kivalta paikalta. Torrevieja on myös suomalaisten suosiossa. Torreviejan ympäristössä (Costa Blanca) asuu n. 1300 suomalaista. Talvella luku kasvaa, kun talvehtivat saapuvat alueelle. Kokonaisväliluku alueella on n. 80000 asukasta.

Ajelen päivän rannikkoa myöten kohti Torreviejaa. Matkalla on toinen toistaan hienompia maisemia. Tekisi mieli pysähtyä, mutta jos joka paikassa pysähtyisi, menisi matkaan kuukausia. Halusin saada vankkurin pidempiaikainen parkkiin ja ottaa sähköpyörä käyttöön, eli alkaa ajaminen jo puuduttamaan, olisi aika jo rentoutua. Mietin miten hyvä ilmasto espanjalaisella onkaan. Ei tule lunta, eikä ole pakkasta. Maa tuottaa satoa ympäri vuoden. Tilastollisesti Torreviejassa on 320 sateetonta päivää vuodessa. Oropesan kohdalla pidän pidemmän tauon. Olin aikoinaan Oropesassa 2 viikkoa. Paikka on pieni taivas, se teki minuun lähtemättömän vaikutuksen. Oropesa on Valencian maakunnassa oleva pieni kaupunki. Sieltä pääsee kätevästi junalla liikkumaan lähikaupunkeihin. Valencia ja Barcelona ovat helposti vierailtavissa.

Saavun illaksi Torreviejaan campingiin. Paikka on ihan mukava, mutta 6 km päässä keskustasta. Sähköpyörällä se on mukava lenkki. Minulta kysytään, että kauanko aion viipyä. Vastaan siihen sen enempää miettimättä, että viikon. Torrevieja osoittautuu aika hiljaiseksi paikaksi talvella. Pyöräilen päivisin t-paidassa keskustaan. Kauppoja on reilusti pitkin matkaa, tunnen olevani ansaitulla lomalla. Kahvilat rantakadulla ovat pääosin kiinni ja ne jotka ovat auki, ovat aika tyhjiä. Viikko täällä on ainakin riittävä aika, mutta nautin auringosta. Campingillä on yksi suomalainen pariskunta. He ovat eläkkeellä ja asuvat koko talven siellä, heidän tytär asuu Torreviejassa. Käyn päivittäin vaihtamassa kuulumisia heidän kanssa. On kiva puhua suomea pitkästä aikaa jonkun kanssa.

Alan taas tutkia karttaa. On aika tehdä viimeinen siirtymä kohti määränpäätä, Fuengirolaan. Fugessa on ollut campingalue ihan keskustassa, linnan takana, mutta se meni remonttiin, eikä ole koskaan enää avannut oviaan. Huonona merkkinä voi todeta, että nyt sieltä on purettu rakennukset kun pois. Se olisi ollut ehdoton ykkösvalinta, mutta ei voi mitään. Se alue on puoliksi Fuengirolan puolella ja puoliksi Mijaksen puolella. Nämä kaksi kaupunkia ovat kuin Kouvola ja

Kotka. Yhteistä säveltä ei tunnu löytyvän mistään, eli ei tehdä mitään. Huhujen mukaan alueelle suunnitellaan kauppakeskusta? Googletan Fuengirolan alueelta sopivaa tukikohtaa, jonne voisi perustaa leirin pidemmäksi aikaa. Kaupungissa ei ole campingaluetta. Feria-alueelle on muodostunut iso "puskaparkki". Sieltä täytyy poistua aina tiistai ja lauantai, koska alueella on markkinat. Kaupunki on vetänyt sinne vesijohdon, mutta sähkö ja viemäri puuttuu. Samoin suihkua tai vessaa ei ole, eli se ei sovi pitkään oleskeluun. Ainoa camping on reilu 20 km Marbellan suuntaan. Tunnen alueen aika hyvin, koska olen ollut Aurinkorannikolla yli kymmenen kertaa (tarkkaa lukua en muista). Ongelmana Fuengirolasta länteen on liikenneyhteydet. Bussi on ainoa mahdollinen. Sinne menee hyvä moottoritie, mutta siinä ei ole pyörätietä. Malaga-Fuengirola välillä ajaa paikallisjuna 6 - 24, sillä on kätevä liikkua ja hinta on halpa, koko väli maksaa n. 3€. Löydän kylän Mijaksen puolelta, josta voi vuokrata tontin pidemmäksi ajaksi. Jokaisella tontilla on sähkö, vesi ja viemäri tarvittaessa. Hinta on kohtuullinen 330€/kk+ sähkö. Laitan sinne kyselyn mailina. Mailiin ei koskaan vastata. Nyt ollaan

29

Espanjassa ja täällä on manana-kulttuuri. Odotan vielä päivän, kukaan ei vastaa. Alueen nettisivuilta löytyy puhelinnumero, jossa väitetään puhettavan suomea. Soitan siihen numeroon ja hämmästyn kun siellä vastataan suomeksi. Tiedustelen tilaa alueelle. Nainen vastaa, että nyt on täyttä, mutta ensi viikolla on joku lähdössä pois. Varaan paikan kuukaudeksi ja kerron, että minun auto on aika iso, pituus 7,35 metriä. Nainen sanoo, että kyllä se mahtuu, siinä on nyt samankokoinen auto.

Fuengirola

Ajo Fuengirolaan sujuu hyvin moottoritietä pitkin. Tie kulkee aivan rannassa ja maisemat Välimerelle ovat mahtavat. Almeria kohdalla minut yllättää näky. Kasvihuoneita on aivan valtavasti, ne näyttävät merenlahdelta. Tätä voisi jo sanoa massatuotannoksi. Kasvihuoneita on joka puolella ja aivan kiinni toisissa. Tässä ei puhuta hehtaareista, vaan neliökilometreista. Välimeri näyttäytyy tasaisin välein sinisenä ja kirkkaana. Malagan ohotustiellä juutun taas ruuhkaan. Malaga on miljoonakaupunki ja ruuhkat sitä luokkaa. Ruuhkat ei minua juuri haittaa, olen ostanut huoltoasemalla juomaa jääkaappiin. Juomia menee kuumassa jonottaessa. Matkaa kohteeseen on enää 50 km. Kylä Mijaksessa on aivan moottoritien vieressä, mutta sinne pääseminen on haasteellista. Kylä on matkalla noustessa Mijaksen vuorta, eli auto on kovilla. Tiet ovat myös niin kapeita, että juuri ja juuri mahtuu kääntymään risteyksissä.

Löydän lopulta kylän ja alueen portin, joka tietysti on kiinni. Siinä on soittonappi, painan sitä, mutta mitään ei tapahdu, eli kukaan ei ole respassa(myöhemmin selviää, ettei alueella ole koko respaa). Pitkän ajan kuluttua portti aukeaa kolisten, joku tulee ulos autolla. Ajan sisään ja yritän etsiä respaa. En löydä ketään, enkä mitään. Alueella näkyy paljon suomalaisia matkailuautoja, kiva että pääsee taas keskustelemaan jonkun kanssa. Ajelen alueen ylös kapeita polkuja. Alue on selvästi ajalta, kun kuljettiin aasilla ja ehkä rikkaimmat pikkufiatilla. En pääse alueen yläpäässä kääntymään takaisin, koska tiellä kasvaa puu. Peruuttelen takaisin. Tiet ovat niin pieniä, että ne on merkitty yksisuuntaisiksi. Ulosajotie on niin umpeen kasvanut, ettei minulla ole muuta vaihtoehtoa kuin ajaa väärään suuntaan. Palatessa näen pariskunnan istumassa auton edessä. Avaan ikkunan ja kysyn suomeksi, että missä missä täällä on respa? He vastaavat ettei täällä ole respaa, ravintolasta saattaa löytyä joku. Löydän ravintolan ja siellä on elävä ihminen…joka ei puhu englantia. Yritän hoitaa asiaa, mutta laihoin tuloksin. Hetken päästä tarjoilija soittaa

32

jonnekin ja sanoo minulle "moment". Tilaan kahvin, koska minulla ei ole enää mihinkään kiire, jään tänne pitkäksi aikaa.

Tovin kuluttua ravintolaan tulee suomalainen nainen ja sanoo että minulle ei olekaan paikkaa, se henkilö ei lähtenytkään. Hätä ei ole tämän näköinen, jos voin odottaa päivän, joku toinen on lähdössä. Voin olla yhden yön jonkun muurin vieressä. Menemme yhdessä jalkaisin tutkimaan väliaikaispaikkaa. Sanon että se on siinä ja siinä, että saanko auton peruutettua sinne. Onneksi jostain ilmestyy britti näyttämään ja saan auton peruutettua ahtaaseen paikkaan, se on ihan senteistä kiinni. Ajattelen että yksi yö menee kyllä tuossakin. Lähden takaisin ravintolaan selvittelemään laskuja ym. Siitä ei tule mitään, koska tarjoilija ei osaa käyttää tietokonetta. Hän sanoo, että tule huomenna, kun paikalla on joku toinen. Ulkona istuu pöydällinen suomalaisia. Menen kyselemään heiltä kaikkea alueesta jne. Saan lyhyen vastauksen juuri siihen kysymykseen, minkä esitän, muuten minulle ei kerrota mitään. Kysyn missä olisi Fuengirolassa kuntosali, jossa voisin ostaa kuukausilipun. Seurue on hiljaa, lukuunottamatta

33

ikänaista, joka on sitä mieltä, ettei täällä mitään kuntosalia tarvita, kävele noita polkuja vuorelle, siinä kunto kasvaa. Ajattelen että paras mennä nukkumaan ja yrittää huomenna uudestaan.

Leiri pystyyn

Herään aamulla tilapäispaikassani levänneenä. Nyt olisi aika siirtää Vankkuri lopulliseen paikkaan. Menen kävellen katsomaan uutta paikkaa. Siellä onkin jo työt käynnissä. Auto on melkein yhtä iso kuin minullakin. Näyttää aika hankalalta. Kaksi näyttäjää ja senttipeliä. Pitkän sahaamisen jälkeen auto pääsee pois. Kysyn käyttäjiltä, että riittäisikö vielä energiaa laittaa minun auto tilalle. Kaverit sanovat että kyllä se sopii, menee samoilla lämpimillä. Käyn hakemassa oman auton tilapäispaikalta. Siihen sattuu onneksi juuri joku ohikulkija paikalle. Ilman apua en olisi päässyt siitä pois.

Minun täytyy ajaa kiellettyä suuntaa tietä, koska muuten vankkuri ei taivu paikalle. Olen jo melkein perillä, kun jostain peltimökistä pomppaa vihainen britti auton eteen kertomaan, että tie on yksisuuntainen ja ajan sitä väärään suuntaan. Avaan ikkunan ja kerron että pakko, muuten auto ei mahdu. Äijä ei väistä, hän seisoo ilman paitaa auton edessä ja kertoo, että tästä ei

35

saa ajaa. Yritän vielä selittää, mutta ei vaikutusta. On pakko turvautua siihen viimeiseen keinoin. Hyppään ulos autosta ja olen sen näköinen että nyt lähtee äijä, niinkuin talkkari keväiseltä peltikatolta. Britti pelästyy ja katoaa sinne mistä on tullutkin. Pääsen paikalle ja alkaa tosi tarkka parkkeeraaminen, kahden avustajan avulla saan vankkurin parkkiin. Brittikin on tullut uteliaana katsomaan toimitusta ja ymmärtää nyt mistä oli kysymys. Lyödään kättä naurahtaen, meistä tuli naapurit ja kaverit kahdeksi kuukaudeksi. Istuttiin myöhemmin monta kertaa pubissa katsomassa jalkapalloa. Britti on Mancesterista ja kova Cityfani.

Laitan leirin pystyyn. Veivaan markiisin auki ja otan ulkokalusteet takatallista. Viritän pyykkinarun puun ja vankkurin väliin. Otan vielä matonkin "terassin" alle. Nyt olen lomalla ja aion olla tässä pari kuukautta. Tuntuu että 3000 km autolla + laivamatka kannatti tehdä tänne. Täällä on lämmin ja aurinkoinen ilma. Kylä on appelsiinipeltojen välissä ja maisemat vuorelle ovat mahtavat.

Lomalla

Tutkin aamulla ympäristöä sähköpyörällä. Isolle tielle on matkaa noin 2 km. Sieltä löytyy useampi kauppa. Tie alas kylältä on tosi huonokuntoinen, eikä asiaa auta se, että matka on alamäkeä. Vauhti kiihtyisi ilman jarruttamista vaarallisen kovaksi. Pyörä huutaa apua, kun täytyy seistä jarrupolkimella koko ajan ja alusta on hyvin epätasainen. Kesken matkaa olen törmätä villisikalaumaan, niitä on paljon tässä kylän ympärillä. Kaupoista on vielä 3 km matkaa Fuengirolan keskustaan. Käyn ostamassa tutusta kuntosalista kuukausikortin. Ajan pyörällä liikenteen seassa rantakadulla kahville. Espanjassa polkupyöräilijät rinnastetaan autoihin, eli ajetaan liikenteen seassa ja kovaa

Paluumatkalla käyn kaupassa ostamassa kaikkea tarpeellista jääkaappiin. Minulla on pyörässä kätevä sivulaukku kaupassakäyntiä varten. Se menee rikki heti ensimmäisellä kauppareissulla. Liian paljon painoa, kiinnitysniitit antavat periksi. Tutkin perillä ongelmaa ja totean, että sen voi korjata, pultit tilalle. Minulla on porakone mukana, joten tuumasta toimeen. Porakone hajoaa alkumetreillä. Käyn lainaamassa poran naapurilta ja saan reiät tehtyä. Seuraava ongelma on ettei minulla ole sopivia pultteja. Poljen kiinakauppaan ostamaan pultteja. Pultit löytyy ja sopii. Seuraava ongelma on että minulla ei ole rautasahaa, jotta voisin lyhentää pultit. Taas kiinakauppaan ja rautasahan osto. Lopulta korjaus tehty, eli otettiin taas työvoitto.

Päivät muodostuu aika samanlaisiksi täällä ja viikot. Lämmintä riittää, lunta ei. Aamulla herään aikaisin, käyn pesulla huoltorakennuksessa ja palaan tekemään aamiaisen vankkuriin. Laitan Radiofinlandian soimaan. Se on aurinkorannikon suomenkielinen radiokanava. Aamiaisen jälkeen poljen kuntosalille. Salilla menee noin tunti. Kuntosalilta menen johonkin kahvilaan. Kahvin ja ihmettelyn jälkeen poljen kaupan kautta takaisin.

Seuraavaksi on vuorossa siesta ja kahdelta lounas kylän ravintolassa. Lounas on kotiruokaa 4€. Luulin että se on espanjalaista kotiruokaa, mutta se onkin Ukrainasta. Kokki on sieltä tullut. Kovin eksoottista ruokaa, mutta ihan hyvää. Ukrainalaisperhe asuu minun naapurissa ja olen usein heidän kanssaan puheissa. Sodan syttyminen Ukrainassa saa heidät aivan tolaltaan. He eivät nuku öisin, vaan yrittävät saada yhteyden omaisiinsa, ilmeisesti aika huonolla menestyksellä. Ilmaisen heille myötätuntoni, mutta se ei juuri ratkaise ongelmaa.

Lounaan jälkeen on ohjelmassa auringonottoa ja mahdollisesti sauna. Täällä on sauna ja sen voi varata puoleksi tunniksi kahdella eurolla. Illalla on ohjelmassa iltakahvi ravintolassa. Ravintola menee kiinni klo 18. Silloin alue hiljenee. Loppuilta on telkkarin katselua ja lukemista. Täällä näkyy yli 20 kanavaa. Nyt on talviolympialaiset Kiinassa menossa. Selaan kanavat läpi, yhtään kanavaa ei näytä talviolympialaisia. Löydän urheilukanavan, siellä on aina kierros maailman ympäri ja lyhyet yhteenvedot merkittävistä urheilutapahtumista. Siellä näytetään maantiepyöräilyä, vesipalloa ja jalkapalloa, muttei mitään olympialaisista. Täällä ei pidetä talviolympialaisia oikeina olympilaisina ja eivät ne sitä olekaan.

39

Talviolympialaisia alettiin järjestää omana tapahtumana vasta 1920-luvulla. Aikaisemmin talvilajeja esiteltiin kesäolympialaisten yhteydessä näytöslajeina.

Täällä on myös kirjasto, jossa on suomenkielisiä kirjoja. Lauantaina en mene salille. Ajan aamulla keskustaan ja hyppään junaan. Jään pois jossain tuntemattomalla asemalla. Täällä on ranta aina lähellä, eli kävelen kahvilan kautta rantaan ja kävelen rantaa pitkin 15-20 km takaisin Fuengirolaan päin. Joskun kävelen Fuengirolaan saakka, joskus tulen muutaman pysäkin junalla. Käyn jossain syömässä ja ajelen vankkurille. Sunnuntai on vapaapäivä, en lähde mihinkään. Pesen pyykkiä yms.

Kylä

Täällä kylässä on kirjoittamattomat säännöt. Tätä voisi verrata armeijan kulttuuriin. Täällä on vanhat asukkaat, jotka ovat olleet täällä talvet jo vuosia. Sitten on meitä uusia asukkaita, joiden pitää ymmärtää väistää vanhempia. Esimerkiksi ravintolassa on tietyt pöydät, joissa vanhemmat asukkaat ovat istuneet vuosia. Niissä ei tietenkään lue että varattu, mutta niihin ei ole hyvä mennä. Jos sattuu ravintolaan väärään aikaan, tulee takavuosien hitti mieleen "mies jonka ympäriltä tuolit viedään...". Kylässä on myös paljon iltaohjelmaa, niistä on ilmoitus ravintolan ovessa. Ohjelma on aika seniorivoittoista esim. bingoa. Niihin voi mennä mukaan, jos haluaa tuntea, mitä on olla turkulainen Helsingissä. Alue on myös jakautunut, niin että etuosan tontit ovat varattu vanhoille asiakkaille. Uudet "käymäläiset" sijoitetaan kylän takaosaan.

Virallisen ohjelman lisäksi, alueella on epävirallinen ohjelma esim. patikointiretkiä ja espanjankielen kursseja. Niistä tiedotetaan vaan suustasuuhunmenetelmällä, eikä tietenkään alueen takaosaan. Kuulin eräänä päivänä, kun eräs vanhempi nainen kertoi toiselle, että täällä on elämä vähän järkkynyt. Toinen rouva lohdutti, että kyllä se siitä tasoittuu, kun nuo uudet asukkaat oppivat talon tavoille. Opin jo alkuun, että kun hyväksyy realiteetit, täällä on hyvä asua ja viettää lomaa. Nopeasti oppii tuntemaan muut "alokkaat" ja hakeutumaan heidän seuraan. He tulevat jopa samaan pöytään istumaan ravintolassa. Ravintolassa toimii myös Suomesta tuttu "ukkokerho", eli ukot kasautuu aamukahville pohtimaan maailmantilannetta. Tässä kerhossa on tietoa aivan laidasta laitaan. Tosin vastuu on savolaisittain kuulijalla. Tähän seuraan on kaikki tervetulleita. Käyn tässä tapaamisessa aina sunnuntaisin ja ilman kiirettä.

Eräänä päivänä olen katsemassa kylän laidalla maisemia ja appelsiinipeltoja. Peltojen keskellä on aika kalliin näköisiä taloja ja alempana pihapiirissä vaatimattomanpi taloa, toki isokokoinen sekin. Viereeni pysähtyy eräs vanhempi asukas. Hänellä on kuulemma Suomi ollut kiinni jo vuosikymmeniä. En kysy syytä, mutta voin päätellä. Sunnuntaisin pelloilla myydään hedelmiä suoraan puista, myyjinä ovat hyvin maanviljelijän näköiset vanhat miehet. Kysyn kokeneelmalta asukkaalta, että miksi noissa hienoissa taloissa ei näy koskaan liikettä. Hän näyttää lähintä taloa ja sanoo "toi kaveri on Marbellassa vankilassa, tilanhoitaja(se toinen talo) hoitaa tilaa. Toi talo tuolla ylhäällä on myös tyhjä, omistaja pakeni Argentiinaan paikallista mafiaa". Totean siihen vain että "aha". Täällä on tosi hiljaista ja rauhallista, mutta pinnan alla kuohuu.

Koronarokotus

Näin poikkeusoloissa koronarokotus on hyvä ottaa, olipa missä päin maailmaa tahansa. Minulla oli ongelma, kun en saanut kolmatta rokotetta Suomen päässä, kun ei täyttynyt vielä 6 kk sääntöä. Harmittelin sitä ääneen kylällä. Eräs avulias nainen sanoi, että sen voi saada täällä. Selvisi että Espanjassa koronarokotuksen saa vain julkisen terveydenhuollon kautta. Jotta voi mennä terveyskeskukseen, pitää olla olla rekisteröitynyt ulkomaalainen, eli pitää olla katuosoite ja espanjalainen puhelinnumero. Tehtiin kaikki(väärennettiin) paperit ja tarvittavat kopiot valmiiksi. Sain ohjeet ja osoitteen minne voin mennä ja rekisteröityä järjestelmään, sen jälkeen voin varata rokotusajan. Minua varoitettiin, että terveyskeskuksessa on ruuhkaa. Ruuhkan voi kuulemma ohittaa, kun heittäytyy tyhmäksi turistiksi(ei vaikeaa) ja menee vaan suoraan tiskille, puhuu omaa kieltään, eikä ymmärrä mitään. Virkailija kuulemma katsoo helpommaksi hoitaa asian, kuin selvittää koko protokollan tyhmälle turistille. Niin suuntaan aamusta Fuengirolan terveysasemalle. Ihmisiä on sisällä paljon. Yritän ohitusta huonolla menestyksellä. Virkailija taluttaa minut jonotusautomaatille ja repäisee minulle jonotusnumeron. Se on 799, eli ei taida tulla vuoro ihan heti. Pääsen iltapäivällä jo tiskille. Siinä yritän selittää mitä haluan. Espanjankieleni ei ihan riitä, joten vaihdan englantiin. Se on virhe. Virkailija sanoi että täällä puhutaan espanjaa tai sitten mennään ulos. Yritän viimeisenä oljelkortenani soittaa kylälle, että saisin tulkkausapua. Virkailija alkaa huutamaan minulle että täällä on puhelimenkäyttö kielletty, puhelin pois. Hetken kuluttua olen ulkona ja paperit kädessä.

Poljen takaisin kylään ja kerron ettei onnistunut. Muistelen että virkailija hoki minulle "la cala, la cala". Laitan sen googlekääntäjään, se tarkoittaa jotain kukkaa? Eräs valveutunut asukas kertoo, että se on Mijaksen terveyskeskus rannalla. Etsin sen netistä ja googlemaps näyttää, että sinne on 12 km matkaa vuorten läpi. Ohjelma myös varoittaa että reitti on mäkinen.

45

Lähden aamulla La Calaan pyörällä. Reitti on todella mäkinen, joudun välillä taluttamaan suurimpia mäkiä, vaikka pyörässä on sähköavustus. Löydän kuitenkin perille ja siellä on hyvin ystävällinen vastaanotto, eikä minkäänlaisia jonoja. Virkailija puhuu englantia ja kirjaa minut järjestelmään. Osoite kelpaa ja puhelinnumero. En kyllä tiedä missä asun ja kuka vastaa puhelimeen. Saan rokotusajan parin viikon päähän. Kysyn todistusta rokotuksesta Suomen Omakantaa varten. Minulle kerrotaan, että se kestää 2 viikkoa, en jää odottamaan. Pyydän todistuksen sähköpostiin. Niin teenkin myöhemmin, mutta laihoin tuloksin. Minulle vastataan, että pyyntö on vastaanotettu ja asiaa käsitellään. Todistusta ei tule ikinä, eikä rokotusta tietenkään näy Omakannassa. Lähden polkemaan takaisin samaa reittiä kuin tulessa. Törmään tiesulkuun. Vuoristotie on laitettu remonttiin ja tie on suljettu. Yritän kiertää sulun vasemmalta, mutta tie vie vuorille. Palaan takaisin ja yritän oikealta. Se päättyy umpikujaan. Ei auta muuta kuin palata takaisin rannalle. Ajattelen että menen rantaa pitkin Fuengirolaan. Tie Fuengirolaan on moottoritie, siinä ei ole pyörätietä. Ajattelen että siinä vieressä kulkee

46

varmaan pienempi tie, jota voin ajaa pyörällä, erehdyin taas. Ei auta muu kuin taluttaa pyörää tien pientareella. Lohduttavaa kun jonkin ajan kuluttua tulee kyltti "Fuengirola 8 km". Ei auta muu kuin talutella. Noin puolentoista tunnin jälkeen saavun Fuengirolaan. Suuntaan heti terassille ja tilaan kylmän alkoholittoman oluen...ja toisen. Päätän myös syödä jotain, kun en ehdi kylään lounaalle. Olen sen verran poikki pyörän taluttamisesta penkereellä, että terassilla menee aika pitkä tovi. Ei huvittaisi enää lähteä polkemaan kylään.

Rokotukseen menenkin Fuengirolasta bussilla, se pelaa hyvin. Tosin takaisin tullessa minulla ei ole käsitystä, milloin olen perillä, koska bussi kiertää kaikki kylät. Terveyskeskuksessa kaikki sujuu hyvin. Joudun jonottamaan jonkin aikaa hoitohuoneen oven edessä. Täällä on ilmeisesti jonkinlaiset rokotusajat, koska väkeä on noin 10 jonossa. Suuri ongelma on tunnistaa oma nimeni, kun minut kutsutaan sisään. Espanjalaiset lausuu kirjaimet vähän eritavalla kuin suomalaiset. Esim J ääntyy H:na.

Saan kuitenkin rokotuksen ja lähden etsimään

47

bussipysäkkiä, että pääsen takaisin. Kyselen joiltakin turistinnäköisiltä bussipysäkkiä, mutteivat he tiedä. Löydän saman pysäkin, jolla jäin kyydistä pois, mutta se ei käy, koska katu on yksisuuntainen. Siitä pääsee vain Marbellaan. Huomaan kauempana poliisiaseman. Sieltä minua varmaan osataan neuvoa. Kävelen sinne ja laitoksen edessä onkin pysäkki. Saan jopa aikatulusta selvän ja suunta on oikea. Katselen bussin ikkunasta, milloin tulee isompi taajama. Jossain vaiheessa talot suurenee ja alkaa olla kaikenlaisia liikkeitä. Bussi pysähtyy ja tyhjenee. Hyppään muiden mukana ulos ja huomaan että ihan outo paikka. Kyselemällä selviää että paikka on Mijaksen Laguuna. Täältä on noi 3 km Fuengirolaan. Päätän kävellä sinne, mukava kävelylenkki.

Päivät kuluu

Päivät kuluu leppoisasti aurinkoa ottaen. Olen tutustunut espanjalaiseen kulttuuriin. Täällä kauppojen ovissa olevat aukioloajat ei tarkoita mitään. Yleensä niissä lukee 9-21. Usein kuitenkin liike on kiinni, syystä tai toisesta, kukaan ei tiedä. Toisinpäinkin tapahtuu, joku liike on auki vaikkei pitäisi. Ravintoloiden aukioloajat ovat täällä hyvin liukuva käsite, ne ovat auki tarpeen mukaan. En ole innokas penkkiurheilija, mutta jääkiekkoa seuraan MM- tai olympiatasolla. Nyt on talviolympialaiset menossa ja jääkiekko. Kaikki muut lähetykset tulevat Ylen kanavilta, paitsi jääkiekko, se on myyty maksukanaville, eli ne ei näy netissä ilmaiseksi. Täällä moni baari mainostaa kisastudiota. Käyn eräässä suomalaisbaarissa seuraamassa pelejä. Kysyn huolissani välieräottelusta, kun ne tulevat Espanjan aikaa varhain aamulla. Tarjoilija vastaa että me ollaan aina auki, jos on lähetyksiä. Baarissa on tunnelma katossa, vain suomalaisia on paikalla ja lehterit on täynnä. Selvinpäin katsoessa meno välillä äityy aika kovaääniseksi. Täällä näkee mitä halpa viina tekee, aika moni mies ja nainen ovat aika huonossa kunnossa. Keskushermosto ei oikein enää pelaa, vapina on niin kova, että kaljat tuppaa menemään rinnuksilla. Arvioin että he eivät ihan lähivuosina ole olleet tipattomalla. Sen verran toiminta on tasa-arvoista, että molempia sukupuolia on "putkessa". Täällä alkoholi on tosi halpaa ja sitä saa ihan joka paikasta 24/7. Suomalaiselle halpa viina ei sovi.

Johtuen vaikeasta lähestyttävyydestä suomalaisporukoissa, ajaudun brittien joukkoon, he ottavat minut lämpimästi vastaan, etenkin kun sanon että Mancester City on paras ja Manu on ihan p...a. Näillä briteillä on ihan erilainen juomakulttuuri kuin meillä. He menevät heti aamusta nimikkopubiinsa ja jalkapallo on tärkein asia lomallakin. Ensimmäinen juttu, minkä he tekevät lomalle tullessa, on ripustaa seuran bannerit ikkunoihin tai seiniin. Pubista pitää saada heidän omaa olutmerkkiä ja kaikkien pitää tunnustaa samaa väriä (tässä tapauksessa Mancester Cityä). He juovat yhden tai pari, mutteivät juurikaan juovu. Joka päivä he kuitenkin tulevat seuran kaulaliinat kaulassa pubiin seuraamaan jalkapalloa telkkarista ja eläytyvät. Britit ovat hyvin ystävällisiä minulle. Heti alkuun he sanovat, etteivät tiedä Suomen jalkapallosta mitään. Minun pakko keksiä jotain, kun he kysyvät, mitä joukkuetta kannatan Suomessa. En keksi mitään muuta kuin Pelikarhut. Sanon että se on rautainen ryhmä. Todellisuudessa en tiedä sieltä yhtään pelaajaa, jossain alasarjoissa se ilmeisesti rämpii. En kehtaa kertoa heille, että Suomessa ei varsinaisesti pelata jalkapalloa, vaan sen alalajia, potkupalloa.

Minulla on itselläkin potkupallotausta. Aloitin kyseenalaisen(ja lyhyen) urani Kyminlinnan Väkinäisissä. Sieltä siirryin KOPS:iin, eli Kotka Palloseuraan ja loppu-urani pelasin KTP:n riveissä. Urani sai nopean lopun, kun pakolliset lisenssimaksut tuli myös junioreille. Seura joutui vakuuttamaan myös junioripelaajansa. Valmentaja kertoi meille, että jokaisen pitää tuoda 100 markkaa hänelle. Aavistelin että nyt taisi tämä laji loppua minun osaltani. Kotona esitin Maaselän kannaksella vuosia pelänneelle sotaveteraani-isälleni asian. Ukko sanoi "potki tuolla pellolla, se ei maksa mitään". Niinpä siirryi sinne muiden kylän laihajalkojen sekaan pelaamaan potkupalloa korkeisiin ruohikkoihin.

Kun minulla on ns. lajituntemusta, korvaani aina särähtää, kun kuulen jonkun vertaavan jalkapalloa shakkiin. Olen aina kysynyt, että miten jalkapallo rinnastuu shakkiin? Vastausta ole koskaan saanut. Minulla on kokemusta shakista MM- kisoista saakka. En tosin pelaajana, mutta taustajoukoissa. En pysty ymmärtämään tätä usein kuultua rinnastusta. Shakki on hieno laji, kuin maailma pienoiskoossa. Sitä ei voi koskaan oppia. Erilaisia avauksia ja puolustuksen on hyllymetreittäin ja koko ajan kehitetään lisää. Se että pelaaja istuu pitkiä aikoja ja tuijottaa vain pelilautaa, ei tee lajista kovin seurattavaa. Todellisuudessa pelaaja miettii mahdollisia siirtoja 30 siirtoa eteenpäin, valitsee sitten omasta mielestään parhaan siirron. Pelit kestää tunteja ja asiaan vihkiytymätön ei ymmärrä mitä tapahtuu. Jalkapallo sen sijaan on hyvin seurattavaa katseltavaa. Jokainen näkee missä pallo liikkuu. Jalkapallo on maailman pelatuin peli, mutta shakki on hyvänä kakkosena, ei tosin Suomessa.

Se missä shakki on hyvin vaikea strategiapeli ymmärtää, jalkapallon filosofia on yksinkertainen. Kentällä olevat pelaajat muodostavat kaksi joukkuetta. Tarkoitus on potkaista pallo kentän päässä olevien tolppien välistä. Tolppien välissä on vielä orsi pitämässä tolppia pystyssä, sitä sanotaan maaliksi. Pelin aluksi arvotaan kolikolla kummat jätkät(tai nykyään naisetkin) saa aloittaa. Sitten he yrittävät potkaista pallon tolppien väliin. Ettei asia olisi liian helppo, ne toiset jätkät yrittää estää sen ja kun saavat pallo itselleen, osat vaihtuvat toisinpäin. Pelin loputtua 45+45 min, lasketaan osumat(maalit) ja se jolla on enemmän voittaa. Yksinkertaista ja mukavaa, mutta mikä on se yhteys shakkiin? Nämä kaksi lajia poikkeavat toisistaan täysin. Jalkapallossa vaaditaan fysiikkaa, muttei kauheasti älyä, shakissa päinvastoin. Molempia lajeja tarvitaan. Antaa kaikkien kukkien kukkia.

Toinen kuukausi

Päivät kuluu ja kuukausi alkaa olla täysi. Mietin jatkanko vuokraa vielä eteenpäin, vai jatkanko matkaa. Vanhempi poikani tulee käymään Fuengirolassa, joten kovin kauas en voi lähteä. Portugal on ajatuksissa, mutta hylkään ajatuksen. Alan tulla laiskaksi, ei huvita lähteä ajamaan minnekkään.

Jatkan vuokrausta kuukaudella ja käyn uusimassa myös kuntosalikortin. Täällä olo alkaa tuntua jo arkiselta, mutta hyvältä. Muistutan itseäni talvesta ja lumesta. Minulla on kotona videovalvonta. Yksi kamera on kuistilla, näen valvontakuvat netissä. Pihakuva kertoo, että lunta on metri ja aura-auto on tehnyt pihalle miehen korkuisen penkan. Ei juuri tule koti-ikävä. Shortseissa kulkiessa, muistuu kyllä mieleen, mitä on Suomen talvi.

En enää jaksa katsella brittien kanssa jalkapalloa pubissa. Huomaan että viihdyn aika hyvin itseni kanssa.

Kirjoja tulee luettua paljon. Tuntuu myös vieraalta ajatukselta palata Suomeen korkean hintatason maahan, kun täällä on tottunut alhaisiin hintoihin. Tuossa lähellä on esim. Lidl- myymälä. Se on ihan samannäköinen kuin meidän vastaava Suomessa. Lähes samat tuotteet kuin meilläkin, mutta puolet halvempia. Jos kauppaketju on Saksalainen ja tuotteet tulevat Saksasta tänne, niin miten Suomeen vietynä samat tuotteet maksavat tuplaten. Matka on lähes sama? No hinnat ei Suomessa perustu kustannuksiin, eikä kilpailuun. Suomessa hinnat perustuu kartelleihin ja asiakaskunnan maksukykyyn. Suomessa ei ole korruptiota (ainakaan paljon). Suomessa on hintakartellit ja hyvävelijärjestelmä. Ostipa tuotteen mistä kauppaketjusta tahansa, hinta on jostain syystä sama (sovittu?). Toisaalta täällä on myös työnantajan markkinat. Hallitus sääti minimipalkan, joka on 1000 €/kk, mutta ei sitä juuri noudateta. Täällä on hyvin yleistä, että tehdään töitä pimeästi, veroja ei juuri makseta. Hyvin yleistä täällä on jopa se ravintoloissa, että kortti ei kelpaa, vain käteinen ja kuitteja ei kirjoitella.

Yleinen käsitys on että Fuengirolassa on paljon suomalaisia. Olen kuullut sanonnan että Fuengirolassa kuulee enemmän suomea kuin Itäkeskuksessa. Se on totta, koska Itäkeskuksessa ei enää juuri suomea kuule. Fuengirolan väkiluku talvikaudella on noin 60000 henkeä, sesonkikaudella se on yli 200000. Suomalaisia täällä asuu noin 5000. Muita kansallisuuksia on enemmistö. Suomalaiset ovat pakkautuneet kahteen kaupunginosaan ja niissä suomalaisuus näkyy. Nämä kaupunginosat ovat suomalaiskylä Los Pacos ja Los Bolicias. Los Pacosissa liikkeiden kyltitkin ovat suomea. Siellä on myös suomalainen koulu ja seurakunta ym. Los Pacos ei kuitenkaan ole rannalla, joten suomalaiset ovat pikkuhiljalleen levittäytyneet lähemmäs rantaa Los Boliciasin alueelle. Siellä on suomalaisia liikkeitä mm. Suomi Centrossa (vain suomalaisia liikkeitä). Täällä pärjää ihan Suomen kielellä. Isossa kuvassa Fuengirolassa ei juuri suomalaisuus näy. Itse liikun Fuengirolan länsipuolella, siellä on pääasiassa paikallisia ihmisiä. Täytyy muistaa että Fuengirola ei ole varsinainen turistipaikka, vaan Espanjalainen kaupunki. Täällä on paljon ulkomaalaisia, mutta he asuvat täällä, joko talven tai pysyvästi. Turistipaikkoja Aurinkorannikolla ovat esim. Torremolinos idässä ja Marbella lännessä, Fuengirolasta katsottuna.

Vierailu

Lähden pyörällä keskustaan. Jätän pyörän juna-
asemalle ja lähden junalla lentokentälle poikaani ja
hänen avovaimosan vastaan. Juna kulkee väliä
Fuengirola- Malaga ja lentokentällä on oma asema.
Lipunosto junaan on kätevää. Asemalla on useita
automaatteja. Automaatit ovat kosketusnäytöllä
toimivia. Ensin täytyy valita sopiva kieli. Suomen
kieltä ei ole saatavana, eli englanti on sopivin. Sen
jälkeen valitaan asema, eli tässä tapauksessa Airport.
Automaatti kysyy vielä yhdensuuntainen vai
menopaluu, matkustajien lukumäärän ja maksutavan.
Valitsen maksutavaksi käteisen ja syötän setelin sisään
(toimii myös kolikoilla). Automaatti tulostaa lipun ja
antaa vaihtorahat. Junat kulkevat 20 min välein. Nuoret
ihmiset selviäisivät kyllä junalla Fuengirolassa ilman
apua, mutta lippu maksaa noin 3€ ja juna menee koko
matkan rantaa pitkin, se on mukava sightseeing. On
myös mukavampi ensi kertaa mennä junalla, kun on
joku joka tietää rutiinit.

Jään pois lentokentällä ja istun ulos aurinkoon odottamaan. Kauaa ei tarvitse odotella, kun vieraat jo tulevatkin ulos. Menemme takaisin asemalle ja ostamme liput junaan. Olen suositellut pientä kaupunkihotellia aivan juna-aseman vierestä. Poikani on varannut sieltä majoituksen pariksi yöksi, he viipyvät vain pitkän viikonlopun. Ajamme junalla maisemia ihastellen Fuengirolaan ja näytän heille hotellin. Hotelli maksaa yhteensä 60€ kahdelta hengeltä kahdelta vuorokaudelta. Viemme tavarat huoneeseen ja sitten menemme syömään viereiseen tapasravintolaan. Tämän jälkeen jätän heidät tutustumaan ympäristöön ja poljen kylään nukkumaan. Sovimme että tapaamme heti aamulla aamiaisella samassa paikassa.

Aamulla poljen keskustaan ja jätän pyörän asemalle. Nautimme englantilaisen aamiaisen tapasravintolassa. Mietin mitä haluan näyttää Fugessa vieraille, he ovat ensimmäistä kertaa täällä. Nähtävyyksiä kaupungissa ei juuri ole, ympäristössä sitäkin enemmän. Näin lyhyellä visiitillä ei kannata kovin kauas lähteä, muuten Gibraltar ja Ronda olisivat olleet listalla. Käymme

Fuengirolan linnassa, siitä alkaa kaupunki lännestä. Ilma on hieno, aurinko paistaa pilvettömältä taivaalta. Linnasta kävelemme rantakatua Los Boliciakseen saakka ilma kiirettä. Istumme välillä terasseilla nauttimassa virvokkeita. Käymme ihmettelemässä suomalaispaikkoja ja tulemme bussikatua takaisin. Pysähdymme syömään paikallisten suosimassa ravintolassa. Kun tulemme takaisin hotellille, on jo ilta. Päivä meni nopeasti hyvässä seurassa, jalkaisin kaupungin läpi kulkiessa. Jätän nuoret perehtymään iltaelämään ja lähden kylään nukkumaan. Aamulla tulen saattamaan vieraani lentokentälle. Käymme tietysti myös aamiaisella. Vieraat lähtevät lennolle, jäi sellainen kuvat, että he pitivät paikasta. Minä alan jo suunnittelemaan paluu matkaa Suomeen.

Toinen puoli Fuengirolasta

Fuengiro on suomalaiselle ihanne kohde viettää talvea. Ilma on aika lailla sama, kuin Suomessa kesällä. Yöt ovat viileitä, mutta lämpötila harvemmin putoaa alle +10 celsiusasteeseen. Hintataso talvella on todella halpa ja kaikkea löytyy, ei ole pula mistään. Julkinen liikenne toimii erittäin hyvin. Paikallisjunalla pääsee Malagaan ja sieltä isommalla junalla muualle. Fuengirolasta länteen pääsee vain bussilla. Bussit kulkee hyvin ja hinta on halpa. Miinuksena bussi on hidas, koska pysäkkejä on paljon ja bussit ovat usein täynnä.

Se mitä katukuvasta ei näe, ovat huumeet. Aurinkorannikko on Euroopan huumekeskus, tätä kautta Afrikasta tulevat lähetykset virtaavat Eurooppaan. Viranomaiset tekevät kaikkensa huumekaupan estämiseksi, mutta tehtävä on lähes mahdoton. Espanjalla on Välimeren rannikkoa yli 1000 kilometriä. On selvä ettei resurssit riitä sen valvomiseen. Salakuljettajalla kyllä riittää resursseja joka paikkaan.

Harva tietää että miedot huumeet ovat Espanjassa laillisia. Niitä saa pitää hallussa omaan käyttöön ja kasvattaa ilman rajoituksia. Kannabista saa myös käyttää laillisesti luvallisissa klubeista. Sitä ei saa viedä, eikä ostaa ulos. Huvittavaa sinänsä, että sitä saa käyttää ja halluussapitää, mutta sitä ei voi ostaa laillisesti mistään. Klubitkin joutuvat hankkimaan sitä pimeiltä markkinoilta. Sama juttu kun Suomessa alkoholinkäyttö juopumistarkoitukseen on kielletty. Aineen mikä juovuttaa, käyttö juopumistarkoitseen on kielletty. Sama kuin olisi kilpailu, missä kuiskattaisiin mahdollisimman kovaa tai hoidettaisiin ripulia pieremällä! Lainlaatijat pelkäävät vastuuta. Aina voi sanoa "se ei ole hyväksyttävää". Huumebusiness ei näy mitenkään kadulla. Törmäsin itse siihen kerran, kun olin lauantailenkillä Torremolinoksessa. Kävelin ostoskujia rantaan. Täällä on paljon turistihömppää, koska tänne tehdään tilausmatkoja mm. Suomesta. Sain nopeasti kiintiön täyteen nahka- ja

62

matkamuistokaupoista. Palasin takaisin aukiolle kahville. Katselin että aikaisesta ajankohdasta huolimatta ihmisiä menee kovasti aukion alle. Tiesin siellä olevan baareja yms. Uteliaisuuttani lähdin katsomaan, mikä siellä vetää ihmisiä. Kävelin raput alas ja näin että eräässä baarissa oli ovi auki. Kurkistin sisään ja siellä leijui savu. Makeasta hajusta ei voinut erehtyä. Kyseessä oli kannabisklubi. Asia varmistui kun minulle tuli myyjä markkinoimaan tuotteita. Otin takapakkia. Minulla on nollatoleranssi kaikkien päihteiden suhteen, myös alkoholin.

Olen kerran kokeillut "ruohoa" Amsterdamissa ja se oli ensimmäinen ja samalla viimeinen tuttavuus siihen aiheeseen. Asia juontaa juurensa vuosien taakse. Silloin aloitettiin keskustelu mietojen huumeiden laillistamisesta. Amsterdamissa ne olivat laillisia, tietyin reunaehdoin. Tutkimukset osoittivat, että kannabis ei ole terveydelle edes niin vaarallista kuin alkoholi? Saadakseni oikean kuvan asiasta lensin Amsterdamiin, en ollut käynyt paikassa, joten se oli hyvä tutustumiskohde. Varasin keskustasta edullisen hotellin. Tulin lentokentältä junalla keskustaan. En lähtenyt etsimään hotellia, vaan otin taksin. Hotellissa minulla oli jo kiire johonkin coffee houseen, jossa kannabista myydään laillisesti. Näissä paikoissa ei tarjoilla alkoholia. Tungin hotellissa kaikki kortit ja passin tallelokeroon, jotten hävitä niitä. Otin vain käteistä mukaan. Kysyin rerpasta missä suunnassa on keskusta. Portieeri vastasi, että mene ääntä kohti.

Löysin keskustan helposti ja coffee housen. Meni raput alas ja yllättätyin. Kahvilan väki oli ihan tavallisen näköisiä ihmisiä, kuin meillä Suomessa siistimmissä kahviloissa. Menin tiskille ja siellä oli pitkä lista tuotteista. Otin Colan ja jointin. Menin pöytään istumaan ja katselin kun ihmiset keskustelivat ja polttelivat hiljaa jointtejaan. Minäkin rupesin tuumasta toimeen. Ensin tuntui että eihän tämä vaikuta mitenkään…kunnes vaikutus iski täydellä voimalla. Minulla ei ollut toleranssia, joten vaikutus oli kova. Minulla rentoutui lihakset niin voimakkaasti, etten päässyt rappuja ylös, muuta kuin kaiteeseen nojaten. Ulkona oli alkanut sataa. Olin aivan pää jäässä. Pysäytin taksin, mutta en saanut sanaa suustani. Olin niin rentoutunut, että kieli ei toiminut. En myöskään muistanut hotellin nimeä. Pian taksi heitti minut ulos, kun en saanut kerrotuksi minne haluan. Siinä vaiheessa meni muisti. En tiedä missä olin harhaillut koko yön, mutta havahduin aamuyöstä, että nojasin hotellin oveen. Olin löytänyt hotelliin vahingossa. Olin aivan läpimärkä. En päässyt ovesta sisään, koska käteni olivat aivan veltot. Portieeri ilmeisesti päästi minut sisään ja talutti huoneeseen.

Muistan että katsoin huonetta, näin siinä vain rautasänkyn ilman petivaatteita(hallusinaatio). Ajattelin että nyt olin ottanut vähän liian halvan huoneen. Onnistuin kiskomaan verhot ikkunasta ja kääriydyin niihin sängylle nukkumaan. Aamulla heräsin nykyaikaisessa avaamattomassa hotellisängyssä märissä vaatteissa verhoon kiehtoutuneena. Oksensin kaikki ulos mitä olin syönyt lähipäivinä. Krapula oli hirveä. Jos joku väittää ettei huumaeista tule krapulaa, ei tiedä mistä puhuu. Makasin sängyssä vuorokauden ja valitin hiljaa. Selvisin lennolle ja kotiin. Nyt minulla oli henkilökohtainen kokemus ja mielipide miedoista huumeista ja se on jäänyt viimeiseksi.

65

Toiseen, vähän erilaiseen, mutta järjestäytyneeseen, rikollisen juttuun törmäsin kahvilareissullani. Kävin joka arkipäivä ensin salilla ja sitten kahvilla. Kävin usein samassa kahvilassa koska siellä oli wifi ja pääsin lukemaan netistä uutiset ja sähköpostini. Laskut täytyi hoitaa täälläkin. Talo Tiutisessa tuotti laskuja,vaikka olin täällä. Jätin pyörän yleensä aseman eteen parkkiin. Siitä oikaisin pimeän porttikongin kautta kahvilaan. Tein näin monena päivänä. Eräänä päivänä porttikongiin oli ilmestynyt kyltti "Massage". Jäin tuijottamaan sitä mainosta, missään ei ollut ketään. Kuulin äänen puhuvan minulle huonoa englantia. Eräällä ovella seisoi musta nuori nainen, niin vaikuttava ilmestys, että jos hän kävelisi Tiutisessa kadulla, autoja olisi penkassa paljon ja lyhtypylväitä olisi nurin. Nainen viittoi minua luokseen ja työnsi ovesta sisään. Katsoin ympärilleni, tämähän on baari. Rekvisiitasta päätellen, täällä ei pidetty pyhäkoulua. Nainen tai oikeastaan vielä tyttö kertoi minulle että täysihoito on 70€. Minä pyöritin päätä asialle. Tyttö luuli tietysti, että liian korkealle hinnalle. Hinta putosin suunnilleen uloshengityksen tahtia alaspäin. Minä pyörintin vielä kiivaammin päätä. Kun hinta oli jo 20€, tyttö yllättäin pudotti kaikki vaatteensa ja vaikutti hyvin pettyneeltä, kun en innostunut. Kaivoin taskusta kympin ja pyysin tyttöä pukeutumaan. Tyttö kysyi, että mitä hänen pitää tehdä? Vastasin että ostaa sillä ruokaa, ei muuta. Tyttö ilahtui rahasta ja kiitteli kovasti. Lähdin äkkiä kahville. Asia mietitytti minua koko illan. Miksi hän oli siellä yksin ja miten hän on tänne joutunut ja mistä? Seuraavana päivänä meni taas läpi samasta paikasta uteliaisuuttani. Sama kyltti ja tyttö olivat siellä taas. Kello oli vasta kymmenen aamulla. Nyt tyttö tunnisti minut ja vilkutti. Menin hänen luokseen. Tällä kertaa hän ei myynyt itseään. Keskustelimme hetken. Hän oli juuri tullut jostain Afrikasta ja asui eräässä pienessä hotellissa. Hotelli on kuuluisa siitä, että majoittaa Afrikasta tulleita paperittomia siirtolaisia. Tyttö tuskin ehtii juuri muut kuin nukkua hetken, varmaan tekee pitkä päivää noviisina. Tyttö kertoo olevansa onnellinen, että pääsi Espanjaan. Sanoi pitävänsä Espanjasta. Annan taas kympin ja lähden jatkamaan matkaa. Tyttö kiittelee taas kauniisti rahasta. Ilmiselvä ihmiskaupan uhri. Tulee mieleen, että minkälaista mahtoi olla elämä hänen kotikylässä, kun hän oli niin iloinen, että on päässyt Espanjaan? Varmaan vielä huonompaa.

Tulee tunne, että jotain pitäisi tehdä…mutta mitä?
Tämä on vain yksittäistapaus, näitä on tällä tuhansia ja
tuhansia. Tässä toiminnassa on mukana niin paljon
businessmiehiä alhaalta ylös, auttaminen on
mahdotonta. Siellä yläpäässä joku viranomainen käärii
isot rahat tästä busineksesta. Tämä tyttö on alalla ehkä
10 vuotta ja jää sitten eläkkeelle huumeriippuvaisena ja
yli-ikäisenä(30), ilman eläkettä. Asuu lyhyen
loppuelämän sillan alla ja kerjää päivät kadulla. Uusia
tulijoita riittää, homma ei pysähdy. Miksi näin tapahtuu.
Syynä on varmaan köyhien ja rikkaiden maiden välinen
kuilu. Tällä ei ole mitään tekemistä sen vaaliteemana
Suomessa käytetyn eriarvoistumisen kanssa. Se
tarkoittaa Suomessa sitä, ettei jotkut halua tehdä töitä,
eikä maksaa veroja, silti kaikki pitää saada. Laskut jää
maksamatta ja siitä seuraa hankaluuksia. Se on heidän
mielestään eriarvoistamista? Tunnen kuitenkin olevani
osasyyllinen tähän juttuun. Vaikka illalla vielä vessassa
käydessä tuntuu, että nyt irtoaa kaksi paskaa toisistaan,
päätän että unohdan tämän. En voi auttaa.

Kolmas tapahtuma on maalaispojalle enemmän hauska, mutta Suomessa tuntematon. Lähden eräänä lauantaina taas junalla jonnekin ja jään pois jossain monte...kylässä. Käyn kahvilassa istumassa ja lähden kävelemään rantaa pitkin takaisin. Aurinkoa paistaa kuumasti ja ajattelen taas käydä uimassa. Ranta on aika kivikkoinen, sopivaa uimapaikka ei oikein löydy. Jatkan kävelemistä. Nyt alkaa näkyä jo palmuja. Tulen paikalle mistä lähtee raput rantaan. Näen kaukana rannassa ihmisiä. Päätän käydä Välimerestä. Kävelen raput alas tiheään palmuviidakkoon. Silmäni ovat pudota päästä, kaikki ihmiset ovat alasti. Olen löytänyt nudistirannan. Siinä hölmönä seisoessani takaani tulee kaksi saksaa puhuvaa naista ja ilman vaatteita. Nyt vaihtoehtoja on kaksi. Joko alan ottaa rajatonta rusketusta tai peruutan raput ylös. Tulee mieleen eräs virolahtelainen kauppias. Hän oli niin pihi, että teki aina mainokset itse tussilla. Ihmiset kritisoi mainoksia. Kauppiasta kysyi, että mikä on niissä on vikana. No kun ne on niin pieniä. Kauppias sanoi "mainos se on pienikin mainos" Ajattelen siinä seisoessani, että en ryhdy nyt mainostamaan ja kiipeän raput nolona ylös.

Ylhäällä näen kyltin "Nature beach". En huomannut sitä tullessa. Tästäkin riittää muistelemista vanhainkodissa.

Kotimatka alkaa

Taas on kuukausi vierähtänyt. En uusi enää vuokrasopimusta, nyt on aika lähteä rannikkoa myöten kohti Suomea. Arvioin että ehdin Tiutiseen maaliskuun puolessavälissä, eli juuri kun jäät lähtee merestä. Tarkoitus on tänäkin vuonna kalastaa ensimmäiset kuhat jään reunasta verkoilla.

Suunnittelen ajoreittiä Saksan Travemundeen. Päädyn ajamaan eteläistä vaihtoehtoa, samaa reittiä kuin tullessa. Pohjoinen reitti Madridin ja Pariisin kautta on selvästi kylmempi ja haluan nauttia vielä Espanjan lämmöstä.

Pääsen hyvissä ajoissa matkaan. Pyysin naapuria jo etukäteen auttamaan ulosajon suhteen. Paikkani on niin ahdas, etten pääse siitä yksin ajamalla pois. Tovin sahailtuamme pääsin pois kolostani. Laitan navigaattoriin kohteeksi Torreviejan. Kaikki meneekin ihan suunnitelman mukaan ja sujuvasti, kunnes navigaattori sekoaa. Se yrittää sitkeästi ajattaa minua vuoristoon pikkuteille. En tiedä onko meidän naapuri suunnannut gps- häirintää Espanjaan sodan sytyttyä, tai pikemminkin heidän hyökkäyksen? Navigaattori on kuitenkin ihan sekaisin, eikä elvy vaikka boottaan sen monta kertaa. No hätä ei ole suuri. Alicanteen on hyvät opasteet ja Torrevieja on siinä ihan vieressä. Niin siinä kuitenkin käy, että ajan Alicanteen, ohi Torreviejan. Alicantessa löytyy kuitenkin hyvä camping. Jään sinne yöksi. Paikka on muuten korkeatasoinen, mutten pääse sieltä aamulla ilman näyttäjää ulos. Kapeat kujat ovat sielläkin merkitty yksisuuntaiseksi, eikä vankkurini mahdu kääntymään. Pääsen kuitenkin ulos, kun muu liikenne pysäytetään hetkeksi. Nyt on hyvä jatkaa matkaa hyvin nukutun yön jälkeen. Pääsin myös syömään ja suihkuun.

Suuntaan taas moottoritielle ja kohti Tarragonaa. Se on ehkä retkeni paras paikka. Ajattelin jäädä sinne useammaksi yöksi ja nauttia vielä Välimeren maisemista. Ajomatka sujuu ilman ongelmia. Kävelen paljon rannalla, syön hyvin rantaravintoloissa ja käyn kaupassa ostamassa tarvittavat tuliaiset.

Tarragona saa nyt jäädä, suuntaan kohti Ranskan rajaa. Rajaa tuskin huomaa, mutta Pyreneiden ylityksen kyllä. Taas ajellaan tosi mäkistä maisemaa. Nousua voi olla 10 km ja pian sama laskua. Auton jarruja pitää käyttää säästeliäästi, muuten ne liehuvat. Tiellä on tasaisin välein kyltti, jossa kehotetaan käyttämään moottorijarrutusta. Millaun silta pitää taas ylittää. Se sujuu siltamaksuineen jo paremmin. Pidän kahvitauon ja katselen karttaa. Clermont Ferrand näyttäisi olevan sopivassa paikassa yöpymiseen. Viime kerrasta viisastuneena etsin netistä paikan joka on ympäri vuoden auki, eikä liian kaukana moottoritieltä. Sellainen paikka löytyy ja laitan sen navigaattoriin määränpääksi. Campingalue löytyykin, kun ensin ajan pois moottoritieltä ja pujottelun 20 km kyläteitä. Maaliskuu ei ole muuttanut tilannetta, huomaan perillä että alue on kiinni. Paikalle ilmestyy pakettiauto ja ilmeisesti joku huoltomies. Kysyn häneltä miksi paikka on suljettu. Hän sanoo, että nyt on talvi. Kysyn että missä täällä voi yöpyä. Kaveri sanoo että ajan perässä, hän näyttää. Paku ajaa hautausmaan isohkolle parkkipaikalle ja näyttää että tässä. Kiitän häntä ja hän kurvaa autollaan pois. Katselen kalmistoa pimeässä ja tuumin, että mielummin joku huoltoasema.

Ajan takaisin moottoritielle. Hetken kuluttua tulee kyltti, jossa on bensa-aseman kuva ja teksti 24h. Kurvaan asemalle ja parkkeeran auton mahdollisimman lähelle huoltoaseman ovea. Huoltoasemien edessä on aina valvontakamerat ja vorot tietää sen. Auto saa näin ollen olla rauhassa yön yli. Menen sisään kahville. Kahvilassa on ilmainen wifi, yllätyksekseni se toimii myös autossa. Juon kahvin ja käyn vessassa. Huomaan vieressä suihkuhuoneen. Käyn kysymässä kassalta, miten suihkuun pääsee. Kassaneiti sanoo että ovi on auki, se on vapaasti käytettävissä. Tosi hyvä palvelu. Käyn suihkussa ja hampaiden pesulla. Autossa laitan kaasulämmityksen päälle ja käyn tyytyväisenä nukkumaan.

Elo menee pilveen

Aamu alkaa jossain Ranskan vuoristossa pikkupakkasessa. Siirryn hyvin nukutun yön jälkeen kuskin penkille ja ajattelen lähteväni jatkamaan matkaa. Ehdin hyvin illaksi Luxenburgiin. Nyt rouva Fortuna kääntää minulle selkänsä, auto ei käynnisty. Yritän käynnistää autoa lukuisia kertoja. Ajattelen että jos polttoainejärjestelmään on päässyt jostain ilmaa. Nykydieseleissä on automaatti-ilmaus, eli kun jonkin aikaa käynnistelee, ilmat poistuvat ilmausventtiilin kautta ja kone käynnistyy. Nyt ei valitettavasti käy niin.

Mietin ratin takana vaihtoehtoja, niitä ei ole kuin yksi, soitto Autoliittoon Suomeen. Olen plussajäsen ja avun saa 24/7. Vakuutus on voimassa yli 40 maassa, myös Ranskassa. Soitan palvelunumeroon. Palvelussa on ruuhkaa, en pääse läpi. Muistan että Autoliitolle on appi. Käynnistän ohjelman. Siinä on hieno nappi " kutsu apua". Ohjelma lähettää myös sijainnin. Odotan jonkin aikaa, mitään ei tapahdu. Soitan uudestaan palvelunumeroon ja jonotan niin kauan, kunnes joku elävä olento vastaa. Sanon että olen ongelmissa ja tarvitsen apua. Palveluhenkilö sanoo, että näki avunpyyntöni ohjelmasta, mutta ei voi laittaa hinausautoa, koska ei tiedä missä olen. Sanon että siinähän näkyy sijainti. Ei kuulemma voi koordinaattien perusteella laittaa pyyntöä ranskalaiselle yhteistyökumppanimme, pitää tietää tarkka sijainti. Minä vastaan etten tiedä muuta kun valtion. Asia ratkeaa sillä että juoksutan puhelimen huoltoaseman myyjälle ja pyydä kertomaan sijainnin. Siitä ei tule mitään, koska huoltoaseman myyjä ei osaa englantia, eikä toisessa päässä kukaan osaa ranskaa. Asia ratkeaa kun joku huoltoaseman esimies tulee paikalle ja ymmärtää vähän englantia.

Istun kahville ja jään odottamaan hinausautoa. Hinausauto tulee kohtuullisen ajan kuluttua. Hinausauton kuski ei osaa yhtään englantia, mutta selvitän asian elekielellä. Ymmärrän että auto pitää viedä korjaamolle. Hyppään kyytiin ja lähdemme ajamaan jonnekin vuoristokylään. Autossa kuski alkaa vaatimaan rahaa minulta. Selitän googlekääntäjän avulla kuskille, että homma on hallinnassa, hän saa rahat oman yhteistyökumppaninsa kautta. Hän ei halua ymmärtää ja haluaa rahaa. Tulemme korjaamon pihaan ja kuski jatkaa samaa juttuaan. Hän pyytää minut toimistoon, jossa on ilmeisesti myös hänen vaimonsa, myös hän on kielitaidoton. Kuski vaatii minua soittamaan vakuutusyhtiöön maksun selvittämiseksi, mutta ei rauhoitu, haluaa maksun.

Kysyn että milloin saan apua autoni kanssa. Minulle kerrotaan että nyt on lauantaina, ei ole asentajia töissä, eikä sunnuntaina. Aikaisintaan maanantaina voi onnistua. Ajattelen että minun on pakko etsiä joku hotelli ja jäädä odottamaan. Sanon että minun pitää hakea autostani henkilökohtaisia tavaroita. Kuskia huolestuttaa edelleen maksut, eikä hän noteeraa minua mitenkään. Hinausauto on takapihalla, menen sinne ja kiipeän lavalle ja siitä auton sisälle. Pakkaan kassiin välttämättömiä tavaroita ja tulen alas. Jalkani luistaa lavalla ja putoan asvalttiin. Katson jalkaani, se näyttää eri suuntaan kuin mies. Tiedän että nyt kävi huonosti. En pääse ylös maasta ja kipu alkaa tuntua sykkivän jalassa. Rupean huutamaan apua, mutta ei minua kukaan kuule siellä takapihalla. Huudan niin kovaa kun pystyn ja jostain ilmestyy mies katsomaan, että kuka siellä karjuu. Huudan miehelle tuskissani, että hospital ja doktor. Mies ei ymmärrä minua yhtään ja katsoo minua pää kallellaan. Huudan hänelle selvällä suomen kielellä että tee nyt per...jotain. Mies katoaa paikalta ja ajattelen hetken että asia meni perille…mutta ei. Mies tuo minulle tuolin. Epätoivo valtasi mielen, mutta sitten takapihalle tulee hinausauton kuski. Ilmeisesti huolissani, että karkaan maksamatta. Selitän hänelle myös, että tarvitsen ambulanssin. Hän ei tunnu ymmärtävän. Katsoo ihmeissään, miksi makaan maassa. Näytän hänelle jalkaani, sitten alkaa tapahtua. Pian paikalla on ambulanssi. Vaihdan nopeasti vielä yhteystietoja, koska autoni jää sinne.

Sairaalassa

Minulle annetaan ensihoito hinausfirman takapihalla ja sitten lähdetään jostain syystä pillit päällä sairaalaan. Ihmettelen kiirettä, koska ei tässä sentään ole hengenlähdöstä kysymys. Ambulanssissa on 3 ihmistä, mutta kukaan ei puhu englantia. En tiedä yhtään mitä tapahtuu, mutta ajattelen että kai ne hommansa osaa. Ajamme noin vartin johonkin sairaalaan, itse en näe mitään, koska ambulanssin ikkunat ovat maitolasia. Sairaalassa minua ollaan vastassa ja hoito alkaa heti. Saan kanyylin kämmenselkään ja kipulääkettä suoneen. Tästä eteenpäin muistikuvani ovat epävarmoja. Olen kuin Liisa Ihmemaassa. Välillä havahduin johonkin toimenpiteeseen, pääsääntöisesti olen unimaailmassa. Lääkäri puhuu englantia ja näyttää röntgenkuvaa, siitä näkee maalaisjärjelläkin, että luu on poikki ja muut osat nilkasta ovat irrallaan. Hän kertoo että minut nukutetaan ja luut yritetään saada paikoilleen. Sitten muistan kun ihmishahmot vääristyvät silmissäni. Minut herätetään narkoosista ja kerrotaan että uusissa kuvissa luut eivät ole paikallaan. Toimenpide joudutaan uusimaan. Minut nukutetaan uudestaan. Kun herään taas tähän maailmaan lääkäri kertoo, että jalka pitää leikata, mutta sitä ei voi tehdä täällä. Minut viedään johonkin toiseen sairaalaan ja leikataan. Tästä ensimmäisestä leikkauksesta en muista mitään. Herään seuraavaksi yksityishuoneessa, jalka kipsissä. Ympärilläni on useita hoitajia tekemässä jotain operaatiota. Myöhemmin selvisi että minua valmistellaan toiseen leikkaukseen, ensimmäinen ei onnistunut.

Vaikka olen aika sekaisin kaikesta, havaitsen että hoitajat ovat tosi kauniita, nuoremmista vanhimpaan, eikä se joudu lääkkeistä. Ranska on tunnettu ja arvostettu viinimaa. Viini paranee vanhetessaan. Nuori viini on raikas, kirkas ja mieto, mutta vanhetessaan viini kypsyy, siihen tulee ominaisuuksia, joita nuoressa viinissä ei ole. Ulkomuoto myös vanhenee. Viini ei ole enää yhtä kirkas kuin nuorena, mutta maku syvenee ja saa aivan uusia mittasuhteita. Sama ilmiö ilmeisesti näissä hoitajissa. Ainakin puolet kivuista poistuu, kun seuraan heidän työskentelyään.

Sama ilmiö havaittiin aikoinaan, kun siviili-ilmailu aloitettiin. Matkustajat (kaikki miehiä)pelkäsivät vähän lentämistä. Ei sinänsä ihme niillä peltipurkeilla. Lentoyhtiöt pelästyivät, että lentäminen menettää suosiotaan, koska matkustajat kärsivät lentopelosta. Ongelmaan keksittiin ratkaisu. Palkattiin lennoille nuoria, kauniita naisia tarjoilemaan virvokkeita ja hymyilemään matkustajille. Matkustajat eivät enää muistaneet pelätä, kun oli muuta ajateltavaa. Mielessään he ehkä vertasivat lentoemäntiä omiin emäntiin, joita olivat tottuneet kotona katsomaan lypsymekossa ja kumisaappaissa. Nämä lentoemännät jäivät pysyväksi ilmiöksi lennoille. Nykypäivänä tosin heitäkin on molempia sukupuolia. Heitä kutsutaan stuerteiksi. Nykyään pitää olla kiintiöt joka paikassa. Lentokonehenkilökunnalla on univormut ja arvomerkit, jotka ei kyllä aukea matkustajalle. Asiaan liittyy arvoitus: Millä erottaa ruotsalaisen lentoyhtiön perämiehen ja stuertin toisistaan? - rautakangella.

Makaan sängyssä leikkauksen jälkeen sängyssä, kun hoitaja tulee ranskaksi kysymään tai kertomaan minulle jotain. Pyöritän päähäni, koska en ymmärrä sanaakaan.

Hoitaja ottaa uusiksi ja kertoo saman tarinan oikein selvästi ja hitaasti, jälleen ranskaksi. Tulee mieleen, että hän käyttää nyt selkokieltä, koska luulee minun kolhaisseen myös pääni rytäkässä. Pyöritän taas päähäni, koska en ymmärrä. Hoitaja poistuu ja ilmeisesti hänen esimiehensä tulee kertomaan minulle kolmannen kerran saman tarinani. Ajattelen että tästä ei tule mitään. Vastaan heille "vi vi" ja homma lähtee taas käyntiin.

Hetken kuluttua saapuu myös joku henkilö paperin kanssa kysymään minulta, että kenelle voimme ilmoittaa, että olen joutunut tänne. Vastaan että ei kenellekkään. Henkilö kysyy, että missä sinun vaimo on? Vastaan että Ruotsissa, lähti pölyimurikauppiaan mukaan (savolaista huumoria). Seuraava kysymys on, missä sinun matkakumppani nyt on. Vastaan että, minulla ei ole matkakumppania, koirani on kuollut. Hän kysyy, että onko minulla ketään tuttua Ranskassa, vastaan ettei ole. Henkilö menettää jo toivonsa ja sanoo, että meidän pitää saada joku yhteystieto, jos jotain sattuu. Annan poikani puhelinnumeron, osoitetta en muista. Sanon että hän tietää jo tilanteesta, ei tarvitse soittaa enää. Henkilö katsoo minua säälivästi ja sanoo tietävänsä, miten raskas tilanne minulla on, olla yksin vieraassa maassa ja sairaalassa, eikä yhtään tuttua koko maassa. Hän kysyy aidosti huolissaan, että voinko tehdä jotain hyväksesi? Vastaan että todennäköisesti et, mutta kiitos kuitenkin.

Myöhemmin huoneeseeni tulee hiljainen vanhempi nainen. Hänen katseensa on jo hyvin osaaottava. Nainen kertoo olevansa sairaalapappi, muttei puhu englantia. Hän kuitenkin lohduttaa omalla tavallaan minua, vaikkei meillä ole yhteistä kieltä. Sen verran olen tutkinut "isoa kirjaa", että ymmärrän, mitä hän Raamatun vertauksia hän haluaa sanoa minulle. Hän siteeraa Raamattua kohdassa, kenellekään ei anneta enempää kuormaa, kuin pystyy kantamaan ja Jumala koettelee, muttei hylkää. Lämmin tapaaminen.

Aamulla englantia puhuva lääkäri tulee näyttämään röntgenkuvia ja kertoo, että leikkaus ei onnistunut, se joudutaan uusimaan. Sinulle on ilmeisesti kerrottu jo? Silloin ymmärsin mitä minulle illalla yritettiin kertoa. Hetken kuluttua minua viedään leikkaushuoneeseen.

Leikkaushuone on pelottava paikka. Se on kuin pommisuoja, pimeä ja luullakseni muistuttaa sotilassairaalaa. Siellä ei ole erikseen heräämöä. Siellä on useita leikkauksia käynnissä ja potilaita makailee siellä täällä eri valmiusasteissa. Ilmeisesti kaikki kuitenkin elossa, vaikka elottomia. Anestesialääkäri käy vielä varmistamassa, etten ole syönyt, enkä juonut mitään. Hän kertoo että minulle tehdään puudutus. Puudutus tehdään, mutta se ei tehoa. Koen melkoisia kauhun hetkiä, kun kirurgi laittaa jalkani johonkin ruuvipenkin tapaisen. Tuska on hirveä ja tunnen joka kosketuksen. Huudan että peli seis, puudutus ei tehoa. Anestesialääkäri nukuttaa minut ja homma ilmeisesti jatkuu.

Herään omasta huoneesta. Kipua ei tunnu. Ilmeisesti puudutus vaikuttaa. Minulla on letkuja joka paikassa ja nenässäni on happiletku. Ihmettelen sen tarkoitusta. Ajattelen että se johtuu kuvankauniista hoitajista. Lääkäri on varmaan ajatellut, että en muista hengittää, kun tuijotan hoitajia. Ajattelen että jos opin tällä ranskan kielen intensiivikurssilla tarpeeksi kieltä, niin kysyn jonkun noista hoitajista Tiutiseen vellinkeittäjäksi. En oppinut tarpeeksi ranskaa, en osannut kysyä. Lohduttaudun sillä, että olen kuullut huhun muotimaailmasta, että ensi vuonna tulee rumat muotiin, palaan sitten takaisin.

Kohta tulee hoitaja kysymään, että haluanko jotain ruokaa, kun en ole syönyt tai juonut mitään vuorokauteen. Olo on kuin Saharan ylittäneellä ja sanoin englanniksi, että en pysty syömään mitään, mutta haluan jotain kylmää ja raikasta. Hoitajat ei ymmärrä ja kysyy "leipää vai puuroa". Saan jotenkin sanotuksi että haluan vaikka vettä. Se menee läpi ja hoitaja tuo minulle kannun taskulämmintä vettä. Juon sen vaikka oksettaa. Sekin oli parempaa kuin puuro tähän hätään. Lääkärikin saapuu kuvat mukana kertomaan, että leikkaus on nyt uusittu ja kaikki on ok. Minä pääsen pois sairaalasta tiistaina, jos mitään ongelmia ei ilmene. Minä mietin että hyvä, mutta miten pääsen täältä Suomeen?

Mietin että ainoa keino on lentäminen, autolla en pysty jatkamaan matkaa, enkä edes tiedä missä auto on, ja onko se kunnossa. Auton kohtalo selviää pian.

Hinausfirman kaveri laittaa sähköpostia, tivaa rahoja, jalasta tai voinnista hän ei ole kiinnostunut. Kysyn mikä auton tilanne on. Saan vastauksen, ettei sille ole tehty mitään. Se pitää vielä johonkin merkkiliikkeeseen. Vastaan että sopii, viekää se korjattavaksi merkkiliikkeeseen. Kaveri vastaa, ettei auto liiku mihinkään, ennen kuin hän saa rahat. Soitan Autoliittoon ja selostan pattitilanteen. He soittavat takaisin, että asia on kunnossa, he ovat olleet yhteydessä ranskalaiseen yhteistyökumppaniin. Laitan hinausfirmaan mailin, että asia kunnossa. Vastaus tulee heti, että asia ei ole kunnossa. Jos haluan, että auto liikkuu johonkin, minun pitää itse maksaa heille ja hakea sitten takautuvasti rahat vakuutuksesta. En jaksa siinä tilanteessa enää huolehtia autosta. Soitan kuitenkin Autoliittoon ja kerron, että tilanne on nyt jäissä. He lupaavat hoitaa asian. Parin päivän kuluttua joku soittaa minulle Fiat-merkkiliikkeestä, jostain Ranskan vuoristokylästä. Mieshenkilö puhuu auttavasti englantia ja sanoo että auto on tuotu heille, mikä siinä on vikana. Selitän ettei se lähde käyntiin, muuta vikaa ei ole. Seuraavana päivänä saan taas soiton liikkeestä, että vika on löytynyt. Ruiskutusautomatiikka ei toimi.

86

Uusi osa pitää tilata ja se vie pari päivää. Hän lupaa
ilmoittaa, kun asia on kunnossa. Parin päivän kuluttua
huoltoliike ilmoittaa, että osa on vaihdettu ja auto käy.
Akku on ihan tyhjä, eikä kuulemma ota latausta. Sanon
että vaihdetaan uusi akku. Kerron että en pysty nyt
kertomaan milloin pääsen hakemaan auton.

Olen kaiken aikaa sairaalassa järjestänyt itseäni
Suomeen. Alussa olin aika neuvoton. Tuumin että
onkohan minulla matkavakuutus. Muistelen että
Venäjän viisumia varten tarvittiin matkavakuutus. En
ole käynyt vuosiin tankkausreissulla, mutten ole
laiskuuttani irtisanonut matkavakuutusta. Soitan
vakuutusyhtiöön ja tiedustelin vakuutusta sieltä. En ole
koskaan edes lukenut vakuutuskirjaani tai
matkavakuutusehtoja. Saan erittäin ystävällistä
asiakaspalvelua. Vakuutukseni on kunnossa. Kerron
että olen nyt aika pahassa pulassa. miten vakuutukseni
korvaa, jos lennän täältä joskus kotiin? Asiakaspalvelija
kertoo että heillä on Tanskassa SOS- palvelu. He
auttavat minua.

Soitan seuraavaksi Tanskaan. Siellä puhelimen vastaa

varmaan Äiti Teresan jälkeen empaattisin ihminen maailmassa ja vielä suomalainen. Kerron ongelmani. Hän sanoo " kyllä me sinut sieltä Suomeen saadaan". Harvoin tuntuu näin hyvältä. Kerron että minut kotiutetaan sairaalasta tiistaina. Hän sanoo että yritetään, nyt on kiire, hän ryhtyy heti töihin. Kuulen että minulle pitää saada sairaspaikka, se vaatii oman protokollansa. Lentoyhtiöt ei ota minua normaalimatkustajaksi. Saan kauhukseni kuulla, että he vaativat lääkärinlausunnon, erikoiskipsin ja lääkityksen lennon aikana. Tarkoittaa verenohennuslääkitystä estämään laskimoveritulppaa. Asiaa ei tee helpoksi se, että lähin lentokenttä on Lyon, sinne on yli 100 km matkaa, eikä Suomeen ole suoria lentoja. Lento pitää järjestää Amsterdamin kautta.

Asia lähtee kuitenkin etenemään. Minulle soittaa suomalainen lääkäri ja kyselee asioita. Hän kertoo, että hän tekee lausunnon ja hoitosuunnitelman, se lähetetään lentoyhtiön terveysosastolle hyväksyttäväksi. Sen jälkeen vasta voidaan alkaa järjestämään sairaskuljetusta. Tanskasta pidetään minut hyvin ajan tasalla. Heidän pitää järjestää minulle myös kuljetus

sairaalasta kentälle. Avustajat lennoille, avustaja
Seutulan kentälle ja taksikyyti kotiin. Ensimmäinen
yritys ei ehdi. Saan sairaalassa puhuttua lisää
vuorokauden. Euroopalainen sairasvakuutus maksaa
vain akuutin hoidon sairaalassa. Sairaalavuorokausi
maksaa 1500€/ vrk. Sairaala ei ole hotelli, siellä
hoidetaan vain akuutit sairastapaukset. Onneksi
sairaalassa on vielä inhimillisyyttä jäljellä, enkä joudu
hotelliin. Kunto ei ole vielä kovin hyvä. SOS-palvelu
saa minut bookattua seuraavan päivän lennoille. Sitten
soittaa lääkäri ja kertoo että KLM vaatii minulle
sairaanhoitajan saattajaksi pistoksien takia. Hän kertoo,
että hoitaja ei millään ehdi lennolle. Hoitaja pitäisi
käytännössä lennättää Suomesta sinne. Lääkäri kysyy,
pystynkö hoitamaan itse pistokset. Vastaan että jos
narkkarit pystyy itse pistämään itseään, pystyn minäkin.
Lääkäri sanoo että hyvä, hän kirjoittaa lausunnon että
potilas hoitaa itse pistokset. Vannottaa vielä minua, että
hoidan homman. Jos jotain sattuu, hän on isoissa
vaikeuksissa, jos selviää etten ole ottanut piikkejä.
Sanon että voit olla huoleti, teen sen varmasti.

Kaikki oli valmista, minut tultaisiin hakemaan

sairaalasta yöllä. Minun piti pyytää sairaalasta kaikki dokumentit mukaan. Vaihdoin jo siviilit päälle, kaikki näytti hyvältä. Illalla puhelimeni piippaa, tuli maili lentoyhtiöltä, lento peruttu. Ukrainan sota on vaikuttanut siihen, ettei kukaan enää uskalla lentää Venäjän ilmatilassa ja näin ollen kaikki Aasian lennot on peruttu Helsingistä, samoin monet yhteyslennot, niin myös minun lentoni. Kaikki alusta ja perumisia tuli vielä lisää ja muita ongelmia. Vasta viides lento toteutui perjantaina. Sain puhuttua lisäaikaa päivä kerrallaan sairaalassa torstaihin asti. Sitten olin hankalassa tilanteessa. En voinut enää jäädä sairaalan, mutta minulla ei ollut lentoa. Soitin SOS- palveluun ja kerroin tilanteen. Sieltä soitettiin, että siirretään sinut lentokenttähotelliin odottamaan lentoa, tai että saadaan lento järjestettyä.

Olin päiviä sairaalassa lähtövalmiina. Päivät meni jo paremmin. Minulle ei tehty enää toimenpiteitä, kokeita lukuunottamatta. Minulta mitattiin kahden tunnin välein yölläkin verenpaine, kuume ja veren happipitoisuus. Lisäksi päivisin tehtiin verikokeita ja ja koronatestejä. Olin yksityishuoneessa, mutten oikeastaan koskaan yksin. Hoitajat istuivat mielelläni minun huoneessa, etenkin iltaisin. Heitä kiinnosti kovasti puolivilli lumimies jostain tundralta. Kukaan henkilökunnasta ei tiennyt Suomesta mitään ja minä kerroin savolaisittain että Suomessa on metri lunta ja pakkasta niin paljon, että mittari loppui kesken, täytyy usein laittaa toinen mittari jatkoksi. Suurta hupia oli leikkiä googlekääntäjällä. Ranskalaiset hoitajat yrittivät ääntää jotain lauseita suomeksi ja minä vastaavasti ranskaksi. Hoitajista suomenkieli kuulosti tosi hauskalta ja eksoottiselta. Kerron että Suomi on pieni, vaikea kieli, eikö sitä puhuta Suomen rajojen ulkopuolella missään. Kulttuurierot Suomen ja Ranskan välillä herättivät myös naurua, väritin niitä savolaisittain. Yksi hoitaja kysyi, että ovatko suomalaiset miehet kaikki kuten minä. Vastasin että eivät. Minä olen savolaista rotua ja suomalaisittain hyvin kaunispiirteinen. Savolainen rotu on myös hyvin rehellinen ja luotettava. Tyypillinen suomalainen mies on ruma ja karvainen. Ei osaa käyttäytyä. Syö kourineen ja haisee. Sama hoitaja kysyi, että miten suomalainen mies pukeutuu. Onko teillä jokin tyypillinen vaate, niin kuin Ranskassa on tavaramerkkinä esim. baskeri. Sanoin että meillä on

91

myös kansallispäähine, hankkijan lippis, tai vaihtoehtoisesti hämähäkinverkkohattu. Se on muovilippainen hattu, jossa kangaspäähineessä on verkot molemmilla puolilla, tuuletusta parantamassa. Tätä päähinettä myydään yleisesti markkinoilla ympäri Suomea. Hinta 3€ tai kolme kympillä.Tässä päähineessä ja Orimattilan Jymyn verkkareissa, kun lähtee lauantaina lavalle, niin naiset suorastaan kaatuu syliin. Hiukset on leikattu kotona keritsimellä ja deodoranttina käytetään Koskenkorvaa. Samainen hoitaja kysyi että minkälaisia ovat suomalaiset naiset, kauniita? Vastasin että kyllä, omalla tavalla. Suomalaiset naiset jäljittevät erästä filmitähteä...Justiinaa. Suomalaiselle naiselle on tehty myös kansainvälinen luokitus, "diesel"(iso, haisee pahalle ja kiihtyy hitaasti). Kaikki kuulijat ilmoittivat, että haluavat joskus käydä Suomessa. Niin eksoottisen kuvan maalailin Suomesta.

Sitten koittaa vihdoin se hetki, kun olen lähtemässä sairaalasta. Henkilökunta luulee että lähden kotiin, mutta menen lentokenttähotelliin, vailla tietoa kotiinpääsystä. En halua kuitenkaan rikkoa lähdön tunnelmaa. Siten alkaa ongelmat. Sairaalan sosiaalityöntekijä tulee kertomaan, että minun pitää maksaa 170€ maksua sairaalassaolosta. Sama kuin Suomessa päivämaksu. Sitä ei euroopalainen sairasvakuutus kata. Sanon että matkavakuutukseni hoitaa sen. Selitys ei kelpaa, joten soitan Tanskaan. Sieltä kerrotaan että maksusitoumus on lähetetty sairaalaan. Se on varmaan jossain toimistossa? Sosiaalityötekijä ei hellitä, vaan seisoo sängyn vieressä ja vaatii rahaa. Annan puhelimen hänelle. Annan hänen riidellä SOS-palvelun kanssa asiasta. Ilmeisesti asiaan saadaan joku selko, ainakin sosiaalityöntekijä lähtee hirveästi manaten huoneesta.

Hetken kuluttua tulee taas uusi henkilö huoneeseen. Selviää että hän on sairaalan kalustevastaava. Hän kertoo, että hän haluaan kyynärsauvat, ne on lainassa minulla ja sairaalan omaisuutta. Sanon että en voi kävellä metriäkään ilman niitä, en voi antaa niitä pois. Hän sanoo, ettei niitä saa viedä sairaalasta pois. Jälleen soitto Tanskaan, mitä nyt tehdään? SOS- palvelun henkilö lupaa selvittää asian ja soittaa takaisin. Sitä odotellessa pidän sauvoista kiinni, ettei niitä viedä.

93

Soitto tulee ja vähemmän loistava ratkaisu. Ranskassa myydään jossain apteekeissa sauvoja. Minun kuulemma pitäisi taksimatkalla kentälle ostaa sauvat. Vastaan että "no fucking way". Googlasin reitin kentälle, matkaa kertyy 105 km ja siinä välissä ei ole mitään. En varmalla lähde etsimään apteekkeja jostain taajamista, enkä pääse edes taksiin ilman sauvoja. Palveluhenkilö tuumii itsekin, että taisi olla aika huono idea, voisinko yrittää ostaa sauvat sairaalalta. Vastaan että pompin toimistoon kysymään. Toimistossa minulle sanotaan, että sairaala ei voi myydä sairaalatuotteita ulos. Selitän tilanteen ja he lupaavat selvittää vaihtoehdot, ymmärtävät vaikean tilanteeni. Menen takaisin huoneeseeni odottamaan. Hetken kuluttua minulle tullaan ilmoittamaan, että sairaala lahjoittaa sauvat minulle, muuta vaihtoehtoa ei ole.

Lentokenttähotelliin ja Suomeen

SOS- palvelusta soitetaan minulle, että huone on varattu ja maksettu. Ei puhuta sairaalassa mitään, ettei lentoa vielä ole. Taksi tulee hakemaan minut aikataulun mukaan. Kysyn että tietääkö kuljettaja muuttuneesta on tilanteesta. Minulle luvataan, että kuljettajaa informoidaan. Pyydän että minulle laitetaan kopio varauksesta. Illalla saan mailin, että minulle on varattu huone lentokenttähotellista, muttei kerrota että mistä hotellista. Soitan perään ja kysyn tarkempaa tietoa. Saan vastauksen, että siitä lentokenttähotellista. Sanon että Lyonin kentällä on ainakin 10 hotellia.

Myöhemmin saan tarvittavat tiedot. Aamulla minua ollaan koko osaston voimalla saattamassa taksilla, taksi vain on myöhässä. Lennolta olisimme myöhästyneet, mutta nyt ei ole väliä. Hoitajat ovat pakanneet minulle eväätkin mukaan. Taksi soittaa minulle, että myöhästyy puolituntia ja mistä minut otetaan kyytiin, sairaala on iso. Sanon etten tiedä, en ole liikkunut huoneestasi, muuta kuin sairaalan sisällä toimenpiteisiin. Kuljettaja

95

sanoo, että hänen pitää tietää minne ovelle ajaa. Ratkaisen asia niin, että hypin taas toimistoon. Sieltä asia selviää. Pääsen taksiin ja koko seireenilauma on pihalla vilkuttamassa.

Kysyn kuljettajalta, tietääkö hän minne allaan menossa. Hän vastaa että tietää, Lyonin lentokenttä, terminaali 2. Sanon että ei, mennään lentokenttähotelliin. Pyysin SOS- virkailija varaamaan minulle kuljetuksen hotellista kentälle. Hän sanoi että hotelli on kentällä. Onneksi otin puheeksi. Matkaa hotellista kentälle oli ainakin 5 km. Saavumme hotellin. Siellä tuntuu olevan kaikki kunnossa. Saan vielä tiedon, että lento on järjestynyt seuraavalle aamulle. Minua tullaan hakemaan klo 4:20 hotellilta. Menen huoneeseeni ja otan ensimmäisen piikin. Se tuntuu vähän vieraalta, muttei tunnu juuri missään. Tilaan herätyksen klo 3:00 ja menen suihkuun. Suihkun jälkeen katson, mitä hoitajat ovat palanneet minulle eväiksi. Siellä on vaikka mitä. Kyllä maistuu hyvältä keksit ja pillimehut. Olen niin iloinen, että käyn vielä aulabaarissa juomassa kylmän colan. Menen aikaisin nukkumaan ja hyppään puoli metriä ilmaan, joka kerta kun kännykkä antaa viestiäänen. Pelkään että tulee jälleen peruminen lentoyhtiöltä. Onneksi ne ovat vain mainoksia.

Aamulla herään herätyksen, käyn hampaanpesulla yms. Menen hyvissä ajoin aulaan ja pyydän portieria ystävällisesti hakemaan minun kassin huoneesta. Hän palaa pian tiskin taakse ja alkaa kirjaamaan minua ulos hotellista. Hän pyytää luottokorttia. Minä sanon että huone on maksettu etukäteen. Hän tutkii tilausta, se löytyy, muttei maksua. Sanon että SOS- palvelu, joka varannut huoneen, maksaa sen. Annan kuitenkin yhteystietoni ja sanon että, jos tulee ongelmia maksun suhteen, niin hoidan sen Suomesta. Taksi tulee pian, enkä ehdi jäädä selvittämään asiaa. Lähden nyt Suomeen.

Taksi tulee ajallaan ja pääsemme matkaan. Kysyn kuljettajalta, miten hänet on ohjeistettu. Hän kertoo että ajaa minut terminaalle, hakee sisältä pyörätuolin ja vie minut kentälle. Siitä eteenpäin minulla on lentoyhtiön saattaja. Hyvältä kuulostaa, muttei ole ihan niin hyvin hoidettu. Kuljettaja tekee hommansa ja jään kentälle pyörätuolissa, kassi sylissä. Katselen ympärilleni,

97

mitään ei tapahdu. Pysäytän ensimmäisen virkailijannäköisen ihmisen ja kysyn avustajaa. Hän kertoo että edessä on avustajapiste, mene sinne. Ajelen pyörätuolilla (siis käsivoimin) avustajapisteelle, sinne tulee matkaa. Lentokentällä pärjää taas englannin kielellä. Löydän avustajapisteen, mutta siellä ei ole ketään. Odotan tovin, sitten huolestun ja pysäytän taas jonkun virkailijan. Hän kertoo että tämä ei kuulu hänelle. Vastaan että nyt kuuluu, myöhästyn muuten lennolta. Virkailija on asiakaspalvelija, ottaa minun passin ja katoaa jonnekin. Pian hän palaa mukanaan avustaja. Avustaja vie minut lähtöselvityksen ja sitten turvatarkastukseen. Luulin että pääsen sairaspaikalla turvatarkastuksesta helpolla, näin ei käynyt. Tarkastus oli normaaliakin tarkempi. Avustaja vaihtuu, kun siirryn kansainväliselle puolella. Ihmettelen vähän turvatarkastukseen tiukkuutta. Avustaja sanoo, että tuohon kipsiin sopisi aika paljon räjähdettä. Totean itsekin että näin on, meidän kaikkien turvallisuudesta tässä on kysymys. Avustaja vie minut lähtötiskille, mikä on kaukana. Lyon on iso kenttä. Lähtötiskillä minua ollaan vastassa ja KLM:n henkilö vie minut koneeseen ennen muita matkustajia. Minulle on tehty

98

oma penkkirivi sairaspaikaksi. Se on vielä oven vieressä, minusta pidetään hyvä huoli kennon aikana. Tarjoilu pelaa.

Kone laskeutuu Amsterdamiin ja minulle ilmoitetaan, että minut otetaan koneesta gargo-ovesta. Laskeudun alas koneesta johonkin ulkoajoneuvoon. Sillä ajetaan pitkä matka kentällä oven eteen, mistä minut otetaan sisäajoneuvoon. Sillä kulkupelillä ajetaan myös pitkä matka, kunnes monitorissa lukee " Helsinki". Minut jätetään penkille ja sanotaan, että joku tulee hakemaan. Kello käy, eikä kukaan tule. Menen tiskille, mutta siellä sanotaan, ettei avustukset koske heitä. Istu odottamaan, joku hakee sinut. Istun ja odotan, kukaan ei tule. Tulee kuulutus, jossa ihmisiä pyydetään nousemaan koneeseen. Huolestun ja yritän tiskille, jään kuitenkin jalkoihin. Päästän jonon menemään ja menen tiskille. Näytän lippua ja sanon, että minun on päästävät tähän koneeseen. Virkailija alkaa soittelemaan johonkin. Minut työnnetään sivummalle odottamaan. Kohta tulee avustaja juosten paikalle. Minut työnnetään koneeseen, joka on täpötäynnä ihmisiä. Henkilökunta on ihan pihalla. Tuijottavat minun lippua ja kaivavat omia

99

papereita. Kysyvät minulta olenko Mr Wisher? Vastaan
etten ole, näen oman nimeni kolmannella rivillä heidän
listassaan. Näytän sitä ja minulle sanotaan että ok,
odota hetki. Pian minulle tullaan kertomaan, että
minulle on paikka, rivi 31. Kysyn että miten pääsen
koneen takaosaan. Tulee syvä hiljaisuus. Totean itse
että, ei ole muuta vaihtoehtoa kuin pomppia sinne
yhdellä jalalla. Tietenkin muutama keski-iän ylittänyt
naishenkilö on juuri sillä hetkellä tarvinnut jotain
laukustaan ja penkoo laukkuaan käytävällä, eikä
tietenkään väistä. Pääsen lopulta viimeiselle
penkkiriville. Siellä on kaadettu etummaisen penkin
selkänoja, jotta saa jalan suoraksi. Ainoa ongelma että
se on väärä jalka, se on oikealle jalalle ja minulla on
vasen jalka kipsissä.

Kone nousee aikataulussa ilmaan ja Helsinki lähestyy,
enkä välitä mistään. Kun kone laskeutuu Seutulaan,
tunnen että olen selvinnyt. Koskaan ei ole tuntunut yhtä
hyvältä tulla Suomeen. Minulle tullaan kertomaan, että
pääsen ulos koneen peräpäästä, ettei tarvitse enää
hyppiä eteen. Se oli ennenaikaista, en pääse ulos
takaosasta, eli hypin vielä kerran koneen läpi. Se ei

kuitenkaan harmita enää yhtään, ole nyt Suomessa ja kaikki kellot soi. Koneen ovella minua on vastassa avustaja pyörätuolilla ja puhuu ihan selvää suomea. Kiittelen häntä ja kysyn, mihin asti hän minua saattelee. Hän vastaa,että niin kauan kun tarvitsee, vaikka taksille asti. Sanon että loistavaa, voidaanko käydä ensin vessassa. Avustaja löytää minulle invavessan ja menemme seuraavaksi hakemaan minun kassin hihnalta. Sekin löytyy helposti, kun hihnalla ei ole enää muita laukkuja. Taksinkuljettaja soittaa samalla minulle, että on kentällä, mistä minut voi noutaa. Annan puhelimen avustajalle, hän kertoo paikan, mistä minut voi hakea. Sitten alkaa taksikyyti Tiutiseen. Kuljettaja kysyy, että mikä tässä oli niin erikoista, että tämä kuljetus tilattiin ja peruttiin niin monta kertaa. Vastaan että se on pitkä juttu.

Kotona

Katselin jo Ranskassa sairaalassa valvontakameran kuvia pihalta. Lunta on metri ja tien vieressä on kova ja jäinen penkka. En pääse yhdellä jalalla kotiin. Soitin Tiutisen kyläpäällikölle, että oon toivottavasti tulossa kotiin ja ongelma on nyt lumi. Hän sanoi että asia hoituu ja hoitui myös. Tiesin että häneen voi luottaa. Katselin kamerasta, kun kauhakuormaaja puhkaisi penkan tieltä ja teki lumityöt ovelle asti.

Tulemme taksilla Tiutiseen. Ihmettelen lumen määrää. Autosta ei näe juuri mitään, koska lumipenkat ovat autoa korkeammat. Löydämme kuitenkin oikean talon. Lumityöt on tehty hienosti, nyt pääsen autolla ulos myös katoksessa. Minun toinen auto on automaatti, joten sillä voi ajaa ilman vasenta jalkaa. Myöhemmin selviää että se on ajokiellossa, katsastus mennyt umpeen. Katsastan sen ja kaikki on taas ok.

Pääsen sisään taloon. Talo on ollut tyhjillään

joulukuusta asti, mutta kaikki pelaa. Älylukkokin toimii ovessa. Kytken vedet päälle ja nostan lämmöt. Talo on ollut poissaololämmöllä. Istun yläkerran rappusille ja laitan viestin lähipiirille, että nyt ollaan Suomessa ja kotona. Lääkäri sanoi että heti pitää jatkaa hoitoja, kun tulen Suomeen. Tulin kotiin perjantaina. Tuumin että nukun viikonlopun, koska unet ovat jääneet aika vähiin. Menen lääkäriin maanantaina.

Soitan maanantaina hyvin levätyn viikonlopun jälkeen vakuutusyhtiöön ja kerron että olen päässyt Suomeen. He varaavat minulle lääkäriajan samaksi illaksi yksityiselle lääkäriasemalle. Mietin että miten minä sinne pääsen. Naapurissa asuu taksiyrittäjä. Soitan hänelle ja saan ilokseni kuulla, että hänen kauttaan hoituu kaikki. Minun pitää vaan hoitaa virallinen puoli KELA:n kanssa. Hän ohjeistaa koko jutun minulle. Yksin tämäkin olisi ollut aika hankalaa. Ymmärrän nyt että taksipalvelu on paljon muutakin kuin kyyti. Saan ensiluokkaista asiakaspalvelua tässä ja jatkossakin, minulla on aina taksi puhelinsoiton perässä, ei tarvitse jonottaa, eikä pomppia kepeillä sairaalassa. Aina löytyy pyörätuoli ja oikea ovi. Ajamme keskustaan lääkäriasemalle, niin lähelle kuin taksilla pääsee. Lääkäriasema on toisessa kerroksessa, joten joudun taiteilemaan keppien kanssa. Se ei vielä oikein suju, kun harjoittelu on vasta alussa. Hiki tuppaa tulemaan liikkuessa ja pystyssä pysyminenkin on haasteellista. Pääsen kuitenkin sisälle. Siellä joudun jonottamaan. Kun pääsen tiskille, vastaanottovirkailija sanoo minulle jäätävästi "meillä on täällä vuoronumerot" ja käy palvelemaan olkani yli seuraavaa. Tuumin että ei ole totta, en tiennyt mistään vuoronumeroista, joita saa jostain automaatista. Jään siihen paikalleni, mutta mikään ei auta. Jonotusnumeron automaatista ja jonon viimeiseksi. Ilmeisesti hän on omaksunut Väinö Linnan romaanista ohjeen "silloin kun on valtaa, sitä pitää käyttää". Olen kuitenkin Suomessa, se pitää minut hyvällä tuulella. Valitsen kuitenkin seuraavaksi toisen lääkäriaseman, jos tulee tarvetta.

Lääkäri on asiallinen, hänellä ei ole tarvetta simputtaa minua. Kerron tarinan ja annan dokumentit hänelle. Hän sanoo ettei ymmärrä noista mitään, ne ovat kaikki ranskaksi. Hän sanoo, että kuvat hän kyllä ymmärtää. Hetken tutkittuaan hän toteaa,että nämä leikkaukset on tehty ihan päin persettä. Ihmettelen miten se on mahdollista. Hän kysyy, onko minulla koskaan ollut ranskalaista autoa? Ne on ihan paskoja ja samaa sarjaa on nämäkin leikkaukset. Täällähän on irtonaisia osia. Lääkäri sanoo, että koko paketti pitää aukaista ja tehdä uudestaan. Täällä sitä ei voi tehdä, laitan sulle lähetteen KOKS:iin. Tule aamulla polille, leikkaan sinut heti. Kysyn että mille polille ja minne. Lääkäri sanoo että kyllä taksi tietää. Soitan kuljetuksen ja kerron että nyt kotiin ja aamulla sairaalaan.

Takaisin sairaalaan

Aamulla naapuri hakee minut kotipihalta ja lähdemme sairaalaan. Poliklinikka ei ole helppo löytää, ajamme ensin väärään paikkaan, mutta ohjeistettuna löydämme oikean paikan. Lääkäri on tehnyt kuten lupasi, minut otetaan heti sisään. Ronskimman puoleinen sairaanhoitaja ottaa minut hoivaansa. Suorasta kielenkäytöstä päätellen, hän on varmaan ollut joskus Hietasen satamassa kesätöissä, en kysy häntäkään Tiutiseen vellinkeittäjäksi. Siinä vaiheessa kun hoitaja vetää verhot eteen, tiedän että nyt itsemääräämisoikeuteni on mennyttä. Kysyn että mitä nyt tapahtuu. Hoitaja sanoi että sinut leikataan ja otetaan sisään sairaalaan. Sinulle tehdään ensin bakteeriviljelytestit, koska olet ollut ulkomailla sairaalassa. Testataan ettet tuo jotain sairaslabakteeria tänne. Kysyn että mistä kokeet otetaan? Hoitaja vastaa selvällä suomen kielellä, että nenästä, nielusta, nivusista ja perseestä. Hoitaja kaivaa näytteet nenästä ja nielusta enempiä selittämättä. Nivusista hän etsii sopivaa paikkaa silikonihanskat kädessä. Roikottaa sukukalleuksia kuin kanaa kaulasta. Sitten on vuorossa vielä se käytetynleivänosasto. Hoitaja komentaa, että perse pystyyn. Hetken tongittuaan, naurahtaa ja sanoo "et sitten huuda jos tullaan Prismassa vastaan, että toi on se akka, joka tonki mun persettä". Vastaan että minulle sopisi hyvin, että tästä ei puhuta. Luulin että tuo oli nolointa mitä heteromomiehelle voi tapahtua...erehdyin.

Minut viedään seuraavaksi osastolle ja aletaan valmistella leikkaukseen. Minulta otetaan useita kokeita mm. koronatesti. Sitten huoneeseen tulee joku hoitaja ja lauma nuorempia naisia. Luulen hetken että olen päässyt muslimien taivaaseen ja saan 10 neitsyttä palkinnoksi kärsimyksistä. En saa. Hoitaja kertoo valittaen, että viljelykokeet epäonnistuivat ja ne pitää ottaa uudestaan. Kun kyseessä on vähän harvinaisempi asia, käykö että opiskelijat saavat seurata toimenpidettä? Vastaan että mitä vain lääketietään vuoksi. Sitten otetaan kaikki neljä näytettä uudestaan. Niissä viimeisissä jutuissa ei tule voittajafiilistä, vaikka sellainen joukko naisia tuijottaa kiinnostuneena minun alakertaa. Aikuisviihdetähdillä on varmaan toisenlaiset tunteet, kun naiset tutkii paikkoja kiinnostuneena. Ajattelen siinä viimeisessä asennossa, missä olen kuin nurmikolla neliapilaa etsimässä, että he tekevät vaan työtään, kukaan ei muista kasvoja. Vähän sama juttu kun autonasentaja etsisi auton virranjakajasta halkeamia. Ekoni on kuitenkin poljettu ihan nolliin. Nyt jos tuotantoyhtiöstä tarjottaisiin roolia uuteen Bond-filmiin, olisi pakko kieltäytyä. Nyt tuntuu että pikkukakkosen satunäytelmässä kärpässienen rooli kävisi paremmin.

Minua pidetään eristyksissä varmuuden vuoksi. Tämä sopii minulle hyvin. Oma huone, TV ja netti toimii. Huone on ihan toiselta planeetalta kuin huoneeni Ranskassa. Sielläkin minua pidettiin eristyksissä. Olenkohan minä jonkinlainen terveysuhka ja mahdollinen taudin levittäjä? Mitään ei kuitenkaan löydy, edes verenkuvassa.

Hetken kuluttua minut haetaan leikkaussaliin. Suomalainen versio leikkaussalista ei ole yhtään pelottava. Se ei ole pommisuojassa, siellä on valoisaa, paljon ikkunoita ja rauhallinen tunnelma. Huoneessa on vain kaksi henkilöä. Ranskassa leikkaussalissa oli suoranainen tungos. Toinen ihmisistä kertoo että on anestesialääkäri ja puhuu suomea. Keskustelemme niitänäitä, säästä ja lumesta. Hän kysyy minkälaisen puudutuksen tai nukutuksen haluan. Vastaan että nukutuksen ja tehokkaan. Lääkäri sanoo että ok ja laittaa aineen kanyylin. Seuraava muistikuva on omasta huoneesta. Saan ruokaa ja juomaa. Kaikki puhuvat suomea ja ovat ystävällisiä. Minulle kerrotaan että vietän yön täällä. Uni tuleekin nopeasti. Kerran herään kipuihin ja painan kelloa. En muuten periaatteessa paina hälyytyskelloa, mutta minun pyydettiin tekemään niin, jos tarvitsen kipulääkettä, se on kuulemma oletus. Painan punaista nappia ja rauhallinen ääni kysyy kaiuttimesta, että mikä hätänä. Vastaan että kipulääkkeet vaikutus alkaa hävitä. Hoitaja sanoi että tuo lisää lääkettä. Hoitaja tulee hiljaa huoneeseen, antaa lääkettä ja jää juttelemaan. Ilmeisesti tarkkailemaan vointiani. Kerron taas kerran onnettomuudesta jne.

Aamulla herään ääniin käytävältä. Lääkärikerros on meneillään. Tuttu lääkäri tulee kertomaan mitä jalalle

109

on tehty ja sanoo, että nyt jäädään odottamaan luutumista. Se vie viisi viikkoa. Laitataan kipsi jalkaan ja mies kotiin. Hoitaja tulee kohta sanomaan, että kuulit varmaan mitä lääkäri sanoi. Saat kipsin jalkaan. Sinua tullaan hakemaan. Pidä jalka koholla, ettei se kerää nestettä ennen kipsausta. Jään odottamaan kipsaukseen lähtöä jalka koholla. Saan odottaa 8 tuntia. Sattuu olemaan se lumimyräkkäpäivä ja liukastuneita on paljon jonossa. Ihmettelen kun minulle annetaan kipulääkkeitä ennen kipsausta. Syy selviää pian. Jalka on laitettu Ranskassa "balleriina- asentoon" ja nyt se halutaan 90 asteen kulmaan. Se taivutetaan rautojen avulla. Se ei tunnu mukavalta, taisin päästä huutaakin. Pääsen kipsauksen jälkeen kotiin. Naapuri noutaa minut pyörätuolilla osastolta ja vie kotiovelle. Ensiluokkaista palvelua taas.

Kotiin luutumaan

Minulla on nyt 5 viikkoa aikaa "ei mitään". Kahden viikon päästä on tikkienpoisto sairaalalla ja kipsinpoisto sitten lopuksi. Nyt on aikaa miettiä autoa. Googlaan kuljetusliikkeitä, jotka voisivat hakea auton Ranskasta. Sen verran vielä ahdistaa ajatus palaamisesta sinne vuoristoon, että päätän käyttää kuljetusliikkeitä. Löydän kuljetusliikkeen, joka liikennöi Espanjan ja Viron väliä. Soitan sinne ja kerron tarpeen. Sieltä näytetään vihreää valoa, mutta voi kestää vähän aikaa, ennenkin sopiva kuljetus järjestyy. Sanon ettei minulla ole kiirettä. Heillä on terminaali Pärnussa, sinne auto tuotaisiin. Se olisi hyvä paikka, sieltä olisi lyhyt matka hakea se kotiin. Juttelen kyläpäällikön kanssa puhelimessa tästä ja muustakin. Minulla sytyttää, meillähän on ystävä Virossa, joka voisi hakea auton Pärnusta. Kylä päällikkö sanoo että voi kysäistä samalla, kun soittaa muissa asioissa sinne. Hetken päästä virolainen ystävä soittaa minulle ja kertoo että hän voi hakea auton Ranskasta, no problem. Vastaan että se olisi paremmin kuin hyvin. Laitan Ranskaan mailin että, autoa tullaan hakemaan, heti kun se on kunnossa. Parin päivän kuluttua tulee vastaus, että auto on noudettavissa. Kerron Viroon tilanteen. Seuraavaksi kun kuulen asiasta, saan ystävältä whatappissa videon, jossa hän on auton vieressä Ranskassa. Soitan heti hänelle ja kuulen, että hänellä on poika mukana ja he lähtevät nyt ajamaan kohti Saksaa. Ovat sukulaisten luona yötä ja ajavat Travemundeen. Sieltä matka jatkuu laivalla joko Helsinkiin, tai Ruotsin kautta Helsinkiin. Jään odottamaan ja he soittavat Saksasta illalla, että kaikki on hyvin. Nyt tuntuu tosi hyvältä taas. Aamulla ystävä soittaa Saksasta, että ei lähde käyntiin, sama vika on siellä edelleen. Auto oli saanut liikkeessä valohoitoa ja lähtenyt käyntiin lämpimässä tallissa.

Kysyn että mitä nyt tehdään. Ystävä sanoo ettei hätää, iltapäivällä tulee joku kaveri tietokoneen kanssa tutkimaan autoa. Iltapäivällä ystävä soittaa että auto lähti käymään, mitään ei ehditty tehdä. Tuumin että piilevä vika tulee aina pakkasessa, kun auto on seissyt yön yli. Ystävä kysyy että mitä jos ajettaisiin auto yhtäjaksoisesti Puolan läpi Viroon. Tutkittaisiin sitten siellä vikaa. Sanon että, kyllä se mulle käy, jos jaksatte ajaa 2000 km yhtä soittoa. Hän vastaa, että se sujuu. Seuraavan videon saan vuorokauden kuluttua kun autolla ylitetään Viron rajaa ja seuraavan myöhemmin Viron Iisakusta. Ystävä kertoo, että tutkii aamulla vikaa, kun se on todennäköisesti päällä. Aamulla hän soittaa, että vika on päällä ja tutkitaan. Saan vähän myöhemmin kuvan, missä on liitin ja teksti "vika löytyi ja se on korjattu. Huono kontakti, on ollut jo tehtaalla". Vastaan että loistavaa, autolla ei ole enää kiire. Ystävä lupasi tuoda sen Tiutiseen, kun töitään ehtii. Laittoi vielä myöhemmin kuvan,että korjasi joutessan vielä sivuoven lukon...uskomaton mies!

Seuraavat viisi viikkoa ovat tosi pitkät kotona. Opin vähän paremmin käyttämään keppejä ja saan arjen sujumaan omakotitalossa. Huomaan miten hienoa on käydä itse vessassa, ilman apua tai suihkussa. Särkylääkettä täytyy ottaa, etenkin öisin,mutta se on pikkujuttu. Parin viikon jälkeen saan tikit pois ja uuden kipsin, sekä ulkokengän. Nyt pitää jo alkaa liikkumaan ja varaamaan painoa jalalle. Iloa tuo myös päivälenkit

113

autolla. Saan auton katsastettua, eikä automaattivaihteisessa autossa tarvitse vasenta jalkaa. Käyn jopa kahvilla kahviloissa, mutta niissä pitää varoa kiireisiä ihmisiä. Kerran eräs kiilaaja jonossa potkaisi huomaamattaan minulta sauvan alta. En kaatunut, mutta ei etuilijakaan pahoittelut kömpelyyttään, jäi jonossa eteeni.

Lopulta saan kipsinkin on pois. Jalka on kuin kuivankesänorava, mutta nyt voi alkaa kuntoutus. Päivä päivältä pidenpiä lenkkejä, alussa vielä sauva apuna. Matkailuautokin on jo pihalla. Nyt tuntuu että selvisin.